闲看秋风

张焕军 著

西北大学出版社
·西安·

图书在版编目（CIP）数据

闲看秋风/张焕军著.—西安：西北大学出版社，2023.5
　ISBN 978-7-5604-5132-9

Ⅰ.①闲… Ⅱ.①张… Ⅲ.①散文集—中国—当代 Ⅳ.①I267

中国版本图书馆CIP数据核字（2023）第085306号

闲 看 秋 风
XIAN KAN QIUFENG

作　　者	张焕军
出版发行	西北大学出版社
地　　址	西安市太白北路229号
邮　　编	710069
电　　话	029-88302590　88303593
网　　址	http://nwupress.nwu.edu.cn
经　　销	全国新华书店
印　　装	陕西博文印务有限责任公司
开　　本	787毫米×1092毫米　1/32
印　　张	9.375
版　　次	2023年5月第1版
印　　次	2023年5月第1次印刷
字　　数	135千
插　　图	1幅
书　　号	ISBN 978-7-5604-5132-9
定　　价	58.00元

本版图书如有印装质量问题，请拨打电话029-88302966予以调换。

作者

序

我们因文学而崇高和简单

高建群

张维迎是我国著名的经济学家,这位老先生之前在北京供职。如今,他回到了家乡陕西省榆林市吴堡县辛庄村。他想办法筹集了200万元,修了一座桥,从此,父老乡亲们进城再也不用跨沟了。现在,他又在村子里办了个辛庄课堂,给大家讲课。听课的人大部分是企业家以及他多年来攒下的人脉。

中秋节那一天,我给他送了一些书,他托人来向我问候,还带了一些自家树上打下来的枣。后来,我又给他送了一套书,附赠两句话:"进一步可以成为大师,退一步可以回到民间。我很敬仰回到民间的张先生。"张维迎先生回答说:"道不同,不相为谋。我只想回到家乡,给父老乡亲做一点儿事情。就像作家赵树理回到他的山西老家，用稿费给村子建了一个化肥厂一样。赵树理曾说过，他亲眼看到化肥施在农民的地里，才有一点儿成就感。"

北京有很多来自陕西的大评论家，其中有两位年长的，一位叫阎纲，一位叫周明。包括我在内的许多陕西作家都得到过两位老师的帮助和栽培。阎纲原来在《人民文学》杂志社当编辑，后来在《中国文化报》当总编。每当有陕西的作家找到他，阎老就会说："乡党来了。"而今，阎老回到他的家乡礼泉县居住。我去看他，给他写了一副对联：苍龙日暮还行雨，老树春深更着花。我说你老人家如今回到了家乡，把最后的一点光也献给了家乡。如今，阎纲和村子的那些老人，在路边一起参加自乐班，敲锣打鼓唱秦腔。阎纲马上九十岁了，在故乡的土地上，他生活得很自在。我明白，阎老的心愿就是有一天倒下了，悄悄地埋在礼泉的九嵕山下。

周明先生同样对我帮助很大。那一年，关于我的书的研讨会在北京召开，周老师费尽心思，亲自帮我请到了陈荒煤老人，陈老还给我写了一段文字。这件事让我久久不能忘怀。

我认识焕军也有十年了。当年，他来到我的

工作室就拿着这本《闲坐高处》。我当时看了以后，感叹这个人不一般。孙犁曾说过，作家一拿架子就先失败了一半。生活中我们也看到过一些例子，某些作家因为摆架子、不踏实而在文学的道路上越走越偏，再写不出好东西了。所以，我们一定要把自己放下来，用心灵真诚地和世界对话。毫不夸张地说，焕军在这一点上做得很好。

但同时，焕军也还要努力，争取创作出有深度的作品。而且不光是张焕军努力，咱们都要努力，尤其是我要努力。

最后我想说，我对今天到场的各位来宾充满了敬意。我一再讲，支撑起中华文化大厦的不是一些所谓名家，而是这些踏踏实实搞创作的人，他们不图名利，不怕辛苦，毅然决然选择了文学这条路。

今天我想说，文学就是一种使命。就像一个陕北人到了过年的时候，抬着猪头抬着整羊去给土地庙山神庙献牲。文学家们，是把自己献给了文学这个事业啊！

约三年前，我到德国的杜塞尔多夫。这里是德国大诗人海涅的家乡。公园的尽头，有一个诗人的雕像，他披着一件睡袍，手持鹅毛笔，面色忧郁。

同行者问我,海涅在创作哪一首诗?我说,是这一首。然后我站在海涅雕像前,背诵了这首诗:

再见了,油滑的男女。
我要登到山上去,从高处俯视你们。

我想,所谓文学,就像登山一样,让我们拾级而上,一步步地登高,一步步地脱离低级趣味。所以,在整理这篇发言稿的时候,我给它取了一个标题《我们因文学而崇高和简单》。

2021/12

(本文为高建群先生2021年9月24日在张焕军散文随笔集《闲坐高处》分享会上的致辞)

高建群,男,汉族,1954年1月生,陕西临潼人。新时期重要的小说家,国家一级作家,陕西省文联副主席、陕西省作家协会副主席,享受政府特殊津贴,被誉为浪漫派文学"最后的骑士"。他的《最后一个匈奴》与陈忠实的《白鹿原》、贾平凹的《废都》等陕西作家的作品引发了"陕军东征"现象,震动了中国文坛。

代自序

闲看秋风

案头放着一本书,是阎纲老爷子写的《我还活着》。

我之所以用"老爷子"称呼他,并不是在套近乎。早前,我并不知道老爷子是何人。我不在文学这一行,不认识也正常。知道老爷子是近一两年的事儿,是从微信里知道的。圈里的这些友人,不时会发一些他们与老爷子关联的消息,包括我认识的"咖"级人物。多了,便引发了我的好奇心,于是,便知道了老爷子的一点过往。我不认识老爷子,但这并不妨碍我对老爷子产生崇敬之情。我觉得,面对这样一位德高望重的老人,我得有自己对他的称呼,由此,从心里面冒出了"老爷子"这样的叫法。之前,我对我的父亲也是这样叫的，称他为老爷子。

当我知道老爷子在鲐背之年出版新作的时候，钦佩之余更觉吾辈鼠目，活得有点猥琐。瞧，"我还活着"！这个书名是多么霸气，有种顶天立地一声吼的感觉。我还活着！是对人生的一种豪迈昭告，是对生命的一种热情拥抱。

七月中旬，我给"微风读书会"的魏锋兄弟发了消息，请他帮忙代购两本书，并提了要求，希望能够有老爷子签名、钤印。魏锋爽快地答应了我的请求，并告知我，"老师非常累，随后签。"魏锋的话我信。

在微信里常能看到许多人去拜访老爷子，而每每这时，老爷子都要亲自接待，合影留念，然后，给每个人的书上签名。老爷子的签名有特点，一定要把读者的名字写上，再留上两三句他的经典语句。当看到他人在微信上晒老爷子的签名时，我就想，啥时间我也能有一本这样的书。我觉得老爷子在淡橘色扉页上的题签特别有韵味，咋看咋舒服，亲切。羡慕过后，我想起了魏锋，求他代劳。其实，我与魏锋也仅是圈里的好友，至今也未谋过面。前一向听高建群老师说，老爷子这本大作的研讨会正在筹备中，不久要在礼泉召开，规格比较高，他要去参加。这样说来，老爷子的确很忙，也很累。

八月下旬，魏锋兄发来消息，说是书已经付寄了，让我注意接收。那时，西安城有新情况了，不知从哪里又冒出了疫情。恰巧在那段时间也是我逢六十岁生日，疫情影响了许多事情。但令我惊喜的是，烦闷燥热的氛围中，能收到老爷子的签名书，这无疑是对我最大的祝福。

拆开包装，我闻到了一种久违的清新之气。书籍的外表除了出版社出于宣传需要加了一条三指头宽的腰封外，再没有多余的装饰，也没有现下盛行的护封。这是时下在书籍装帧中很难遇到的清新和素雅之气。

有时，我实在弄不明白，是出版社的原因，还是作者的意见，为什么要在书籍的封面之外再加上一个护封，然后再裹上一层塑料薄膜。不仅拆起来很麻烦，而且拆开后塑料薄膜自然成了垃圾。其中最不好处理的是护封，阅读时，护封与书籍成了两层皮，护封扔了可惜，甚至扔了之后，书籍便成了裸体，许多附着在护封上的信息也随之丢失，有的去掉书封后，摆在书架上更是不知何物，连书名都见不到了。我常常望着买回来的新书苦笑，笑过之后把护封收起来，阅读完后再套上，实感如同起床脱衣，睡觉穿衣一样别扭。

我把书拿起来,迫不及待打开封面,想看看老爷子的签名钤印。当我翻开的瞬间,一股馨香之气扑面而来。如我在圈里看到的一样,淡橘色的扉页上,留下了老爷子苍劲有力的笔迹:"焕军先生:人生体验,写作经验,参阅留念。九十岁阎纲。"接下来是落款的日子。数了一下,有三十多个字。对任何一个作家而言,如果每本书都要这样签名,那将是对耐心和精力的一种考验。在我收到的签名书里,极少能有作家像老爷子这样做事情的,况且,老爷子已是九十之人了。这是一本装帧简约素雅大气的书籍,我喜欢。

对于喜欢,我有一点自己的看法。喜欢,不是一种整日挂在嘴上的炫耀,是内心深处的一种细细品味。于物如此,于人也是如此,于那句"爱屋及乌"的成语也是这样。远远地观,细细地品,静静地欣赏,这也是我的生活习惯。因此,虽然拿到书有些时间了,但才读完老爷子的《阎纲自述》和石岗先生代序的《先生回来了》两篇。从"自述"与"代序"中,我对老爷子的经历有了一个轮廓式的了解。接下来,我就要开始细读,犹如揭开一坛老酒的封盖,一点点跟着老爷子的笔触去品尝他的过往。我有种感觉,这是一坛原汁原味的"老酒",是老爷子集毕生手艺奉献给人类的一坛生命精酿。

活在不同时代里的人都会面临一个相同的问题：幸与不幸。生命中遇见的幸福既有命中注定的福分，也有恰巧赶上了那个时代好的制度。所有的不幸，都不是个人祈求来的，往往是时代强压给人们的。人生而平等，是那些认为世道不公平的人的一种追求，于既得利益者而言，不过是一句口号。没有人可以躲过时代给予的不公，"时代的一粒尘埃落到每个人身上都是一座山"。在时间的长河里，幸与不幸不过是转瞬即逝的事儿，因此，永远不要嘲笑他人的不幸，谁又能保证自己不是被嘲笑的对象？人们所能做的，就是在这些过往的文字记载中，如何去寻找真实的自己，做个良善之辈。我还没有把书读完，但从阅读过的文字中，已经能够感受到这一点。或许不是这样。

我亦是入了耳顺之年的人了，偶尔也有了回忆往事的时候。在读书时，不自觉有了些阅读变化。近来翻阅东坡词，早年喜欢的那些豪迈的倒读不出心境了，反而对他上了些年纪写的那些诗词感慨不已。"世事一场大梦，人生几度秋凉。"已经到了闲看秋风的年龄，要向老爷子学习，光是致敬是不够的。活着真好，好好活着，理直气壮地活着，不亏人，不亏社会，也不亏自己。

活着，就是人生。

2022/9

目 录

001 第一辑：杖藜徐步转斜阳

- 002 清夜无尘
- 006 斑鸠的快乐
- 012 云上月朗
- 015 在泥土中诞生
- 022 皆在自心
- 027 幸福其实很简单
- 031 聚香而生
- 034 青水
- 038 叨蒲诚
- 044 兰花开了
- 048 城墙下的石榴花
- 052 夜听春雨
- 055 秋叶礼赞

057	**第二辑:他日如何举似人**
058	蒋子龙老师
062	高看一眼
066	我的大嫂
073	母亲的缝纫机
077	父亲节的礼物
080	老张碎石记
085	抽"猴"的老汉
088	蹬三轮车的女人
094	我是老文青
097	铁轨上的故乡
102	**第三辑:人间有味是清欢**
103	金桥豆腐饺子
109	包饺子
113	只吃一个粽子
116	咬春
119	消失的味道
123	夹馍
126	臭鳜鱼
131	八公山下的豆腐

137 饮和食德
142 泡茶

第四辑：多情却被无情恼

145 吃药记
149 下厨记
152 观演唱会略记
154 垃圾桶飘移记
158 观话剧《柳青》小记
163 记人好
168 幸福与长寿
171 阅读自己
173 说三观
177 秋夜
178 情怀
179 道别
181 拾趣儿

第五辑：轻沙走马路无尘

186 观沈从文先生墓地记
190 寻山记

200 游梵净山记
203 黔灵山上的猴
207 贺兰山下跳动的音符
213 这个中秋我在萧关
218 游大散关记
223 访名人故居记
232 游净业寺有感
235 游庐山小记
243 游九江记
251 阿里 阿里
261 寻古三亚
266 开封二三事

276 **我就一俗人（代后记）**

第一辑　杖藜徐步转斜阳

林断山明竹隐墙，乱蝉衰草小池塘。翻空白鸟时时见，照水红蕖细细香。

村舍外，古城旁，杖藜徐步转斜阳。殷勤昨夜三更雨，又得浮生一日凉。

——苏轼《鹧鸪天·林断山明竹隐墙》

生活不过是日子的一天天叠加，累积的多了，便也就成了人生。对于人生，不同的人又总是会发出不同的感叹，尤其上了些年岁时。某一天，忽然发觉生活像是缺了点什么，缺点什么呢？想来，或许是恬淡吧。

清夜无尘

从沙发上起来,走到窗边,拉开窗帘时顺手把窗户打开了,准备透透气,抽根烟,缓解一下疲劳的眼睛。瞬间,一股清寒扑面而来,打了个冷战,忙找了件棉衣披上。

临窗眺望,不远处那座大楼的窗户不少都亮着灯光。那是一家知名酒店,早在几个月前被征用做了隔离场所,想必这个时刻,住在里面的人多也是无法入眠的。点燃了一支烟,望着夜空和对面楼上的灯火,不禁陷入了遐思。

我是昨日下午得到的消息,说是辖区内要静默几天。事发突然,记不得这是今年的多少次了。生命无常,生活中无常的事情更是多了去了。

原是打算回去与家人团聚的。问了一下,说是那边也是如此。跨区域流动总觉不妥,于是打消了念头,留在单位所在的小区,在老屋待下了。

一个人静守在老屋倒也自在。老屋什么都不缺,吃的喝的不是问题。不时有朋友、同事发来微信，或打来电话问候。屋里暖气供得也足。身上暖和，心里无事，余下的便是喝茶，读书。

平时难得"偷得浮生半日闲"，现在有大把的时间居家休息，照理说，这样悠哉的日子应该是愉悦的。然而，不知怎的就有了种说不出的压抑和憋屈，精神头咋也提不起来，感觉自己失去了快乐的能力，越来越弄不清快乐为何物。时光如此下去，与作家王小波笔下那头特立独行的猪又有什么两样呢？

记得，早年买过一本书，印象中似乎叫作《快乐的原则》。快乐的能力下降了，就得赶紧学习，把短板补上。或许是几次搬家的缘故，翻遍了书架竟然没有找到。看来，快乐是很容易丢失的，寻找快乐真不是一件容易的事儿。

想起前几天，为庆祝母校"双甲子"，受班里委托回了趟母校，为班上同学参加校庆院庆的事儿联络。在踏入校门的那一刻，心里忽然涌出某种感动，不由得冒出了四个字：母校伟大。

一个人，一生中应该始终铭记两个词：母亲和母校。母亲的伟大不言而喻。如果说，母亲给予我们的是生命和教养，那么母校给予我们的则是为生命注入灵魂。让我们懂得在物质世界之外，还有更加丰富多彩的精神世界可以去追求。

在我看来，物质与精神构成了生活的两个方面。于人而言，如同"人"字的写法，一撇是物质，一捺是精神。一撇一捺相互支撑，构成了一个完整的人，有了精神做依靠，生活才有了向上的支点。母校伟大之处在于，她既给予了我们知识，还授予了我们认知世界的思想。人只有精神上快乐了愉悦了，生活方才有了向上的基石和支撑。

精神是个抽象的概念。它可以是积极向上的，也可以是消极颓废的；正面的，负面的。精神是由一系列的行为表现出来的，比如爱心、感恩、给予、自律、信仰、接受，等等。相反，也可以是欲望、自私、占有、抱怨、拒绝，等等。

戴尔·卡耐基在他的《快乐的人生》一书中说，"生活是由思想决定的。"一个人，如果所思所想的事情都是如何去获得、如何去占有、如何去比他人强，那么挫折感、失败感、屈辱感就会随之而来，由此会变得不安、焦虑和抑郁，会不快乐的。精神既有社会共性的一面，也有个体认知的另一面，换句话说，就影响快乐的外因与内因而言，内因是起主导作用的，毕竟情绪是私人化的事情。好的情绪的外在表现是快乐，痛苦是他人无法替代的。快乐有原则，这个原则首先是要克制自己的欲望。

相对于物质享受的快乐而言，精神上的愉悦对人影响巨大，不然民间咋会有"穷乐"一说呢？然而，精神愉悦并不完全取决于个人，即便是信仰、感恩、善良、爱心等这些精神多么坚定，依然会受到社会环境的干扰，比如自由的空气、价值取向等。焦虑，更多的时候就源于此。

近来，常常听人讲，活得不快乐。其实，回望古今中外的历史，活得不快乐的人比比皆是。就与苏轼相比，论起人生的坎坷，现在许多人的生活比起他那时不知要好到哪里去了。快乐是幸福的前提。作家柳青说过，"幸福就是做自己喜欢的事情。"做自己喜欢的事本身就是快乐的。

夜已深，除了偶尔划过的个别车辆特有的叫唤声外，周遭安静极了，很难听到别的动静。关上窗户，再读东坡先生的《行香子·述怀》："清夜无尘。月色如银。酒斟时、须满十分。浮名浮利，虚苦劳神。叹隙中驹，石中火，梦中身。虽抱文章，开口谁亲。且陶陶、乐尽天真。几时归去，做个闲人。对一张琴，一壶酒，一溪云。"

清夜无尘，做个闲人。挺好。

2022/11

斑鸠的快乐

不知从什么时候开始，小区院子里的斑鸠多了起来。起初是三两只，多的时候有七八只不止。这些斑鸠在院子里跳跃着满地上找食吃，一刻不停地埋头在地上。它们颈部有一圈蓝白色的斑点，与身上羽毛颜色大有不同，当它们走动或者啄食时，颈部一伸一缩的模样挺可爱的。见有人走过来，它们多是一副无所谓的样子，顶多快速挪两步，再不就是扑棱翅膀飞到树上去。

一开始，我并不认识它们，看那长相总误认为是鸽子，但又觉得体型比鸽子略小了一点。啄食时，它们嘴里常会发出"咕咕"的声音。直到有一天，别人告诉我，说是这些类似鸽子的鸟儿叫斑鸠，它们还有一个漂亮的名字，叫作：珠颈斑鸠。

我不怎么喜欢这些斑鸠。原因是它们不太讲究卫生，随地便溺。尤其是在炎炎夏日，当把车停在梧桐树下，不多一会儿，车身上便会有了它们的排泄物。院子里栽有不少的梧桐树，盛夏，树荫下的停车位成了人们首选的位置，然而，看着车上的鸟粪，人们又只能无可奈何地苦笑一下。世上很多事情，能够做到两全其美的并不多。

上周二，我准备离开老屋回长安的家时，媳妇打来电话。她在电话那头一再强调说，要记住给窗台上撒点小米，不要吝啬，多撒上一点。

我明白媳妇的用意。于是，便一边应承着，一边朝厨房走去。电话挂断后，我嘴里嘟囔，这还成了事儿了。

我说的老屋是指早年单位分配给我的一套福利房。房子在我上班的单位附近。这是建于二十世纪八十年代后期的一套多层住宅，砖混结构。千禧年，那年我赶上了单位分房。记得，拿钥匙那天，正逢春暖花开的时节，我的心明媚极了。说起来，老屋自打建成至今已经有三十多年了。

老屋是相对于我现在的住房而言的，是我自己对这套老房子的叫法。在老屋居住了十五年之后，媳妇所在的单位在大学城盖了公寓楼，她分了一套，家里的生活重心随之转移到了长安，我成了家属。

开始那几年，上下班是两头跑。有时蹭媳妇

单位的班车到老校区,然后再倒10路公交车到单位;有时先坐公交车到长安城里,之后换乘地铁2号线到单位;更多的时候是开车上下班。然而,无论采取哪种方式,路上耗费的时间都差不多,一去一回需要两小时左右。

现在,我不怎么在老屋居住了,只有遇到刮风下雨不方便时偶尔才会住上一两次。

今年的"十一"长假,媳妇对我说,去老屋住几天吧,我没有意见。我说,老屋没有电梯,要爬楼梯。媳妇说,没事儿。

老屋的后面是一幢建于二十世纪七十年代初的简易楼房,四层,也是砖混结构,对外称向阳楼。或许是年久失修的缘故,楼体外表破破烂烂,一副陈旧杂乱弱不禁风的样子。前几年,老旧小区改造时,不知何故竟然也没有被纳入。据听说,是考虑房子结构能否经受得住,不能因改造不当成了危房,这样的话,怎样安置楼里的住户就成了大问题。老屋与向阳楼之间隔一道围墙,与向阳楼相比,老屋水电暖齐全,院子里干净整洁,算是不错的楼房。

老屋在五层,上面还有一层。老屋楼下长着一棵高大的椿树。透过窗户,便能欣赏到一年四季椿树的变化。春天的时候,椿树芽儿初开,枯枝尖儿上立着一簇一簇的嫩芽,不由得会让人想起香椿的味道。夏天来了,这些柔弱的嫩叶忽地长大了,成了随风挥舞的树叶。满眼的绿色遮住了向阳楼的破败,一切看起来是那么美好。

今年的天气有些反常。持续热了一段时间,四十多摄氏度的高温,不要说人受不了,就连楼下这棵椿树也似乎快要挺不过去了。先是叶片被烈日灼烤得卷了起来,起初是一片两片,三片四五片,再后来像是得了传染病,叶片开始纷纷下落,葱茏的树冠忽就变得稀稀落落的了,那令人惋惜的模样如同满头乌发突然谢顶了。立秋之后,又突如其来地连下了几场剧烈的秋雨,一热一冷中,椿树彻底地毁了模样,过早地留下枯枝残叶在秋风中摇曳。

长假期间,在老屋居住的那几天也赶上了秋雨绵绵,秋衣秋裤及早就上了身。用媳妇的话说,今年是一夜入夏,一雨入冬。

一天,她发给了我一个她拍的视频。视频里拍的是一只蹲在枯枝上的斑鸠。画面配了一段绝佳的音乐。凄风苦雨中,这只斑鸠漠然地低着头,任凭风雨吹打在它身上。画面的背景是残破的向阳楼。雨哗哗下着,雨声伴着摇曳的树枝,不知怎的令人顿生怜悯之心。我对媳妇说,该给窗台上放点小米，喂喂它。媳妇说，不用操心了，这几天都喂着呢。

一连几天，媳妇重复着投食的事情。她很认真，也很大方。每次投食前，蹲在树上的斑鸠依旧是一副淡定的样子，待投食人离开后，悄悄地躲在窗帘后面瞧它们，但见，一只两只，七八只，甚至还有一只白鸽飞了过来，瞬间窗台上就落满了。

老屋阳台比较大。卧室和客厅空调外挂机上面铺着盖板。给斑鸠的食物通常会放在盖板上。有一次，看着这些斑鸠吃食，没承想竟然看到了它们啄食时的另一面。它们中间居然有了头领，有了老大。头领进食时，其他斑鸠是不能靠前的，只能不作声看着，一旦上前，头领便会飞起来，或叼，或鸽，对那些夺食的斑鸠毫无客气之心。这场景使我吃惊。我想起了狗，想起了老虎、狮子等兽类。兽类有进食时保护食物的本能。没有想到的是，飞禽也有这样的本能。人类有没有呢？依我看，也是有的。

我观察了几次。我发现，吃饱了的斑鸠是快乐的。它们，或是两两相望蹲守在树杈上，或三四只成群飞到对面楼上散步。走，跳，飞，蹲，想怎样就怎样，想干啥就干啥，悠闲自在，无拘无束，这或许是它们的自由，自由的快乐吧。

周二，回长安那天早上，按照媳妇的交代，我在窗台上多倒了些小米。比平常倒得略多。我边倒，边对树杈上的斑鸠说话。我说，我要外出了，只一天的时间，明天早上不能来喂你们了，周四，后天早上见吧。那几只蹲在树上的斑鸠支着小脑袋看着我，听懂了似的。

写这篇文章时，我在家已经蜗居了两天，小区封闭了，哪儿都不准去，至于哪天能解封还不得而知。我食言、失信了。

2022/10

云上月朗

上周末去爬山,在一座山寺里见到了著名画家邢庆仁先生题写的匾额"栖云卧月"。字写得洒脱,句子也有意境,想来这句话是邢先生说天上神仙的吧。

于凡人而言,云来了,月亮、星星便被遮住了,是看不见的。不仅做不到栖云,也做不到卧月。但转而一想,这些事,对于修炼大境界的人或许是可能的,他们超凡脱俗,心可以飞到云层之上栖云、卧月。关键在于有没有悟道成仙的信心和追求。幻想一下,当云层遮住了月亮的时候,云之上一定是朗月高悬,清风徐徐,超然物外,那场景令人向往。

说来也巧。一周之后,恰遇中秋,然而,意想不到的是天气有些不给力。天阴沉着,雾气也有点重。夜晚月亮会出来吗?虽然没有月亮的中秋仍旧是中秋,但终是有些遗憾。"举杯邀明月""千里共婵娟"这些佳句如果少了圆月该是多么无趣。

晚饭后，一家三口围坐在桌前，说话、吃月饼。只分了一块，一人吃了一口。腻腻的，油有些大。看来机器生产出来的食品该是适合机器吃的，缺少了食物本身原有的味道。喝了点红酒，吃了点水果。看看时间已是晚间九点多了，一家人商量到楼顶上去赏月。

乘电梯到十八层，再走上一层到达楼顶。顶面整洁，徐风习习。仰头望天，找不到月亮的影子。"月亮呢，月亮呢？"四周一片寂静，无人应声。我问娘儿俩：月亮从哪边升起来？大家竟不知如何回答。

"既然看不见月亮，那就唱与月亮有关的歌曲吧。"我的提议得到了响应，她们让我先来。

"月亮走，我也走，我送阿妹到村口……"

唱到此，似乎觉不妥，便停住改口另唱道："你问我爱你有多深，我爱你有几分？我的情不变，我的爱不变，月亮代表我的心……"

"快看，月亮出来了。"正唱着呢，娘儿俩叫道。

举头一望，还真是。

"月亮被我唱出来了！"我说。

"快拍照啊！" 她俩急着又说。

掏出手机，快速捕捉到了在云层间躲躲闪闪的月亮。残缺的，半圆的，不规则的，也有一两张圆圆的，连拍了十多张，但多数是模糊不清的。

不一会儿月亮不见了。不管我再唱什么，或者大声朗读"明月几时有，把酒问青天……"，它躲在云层里就是不出来。云层太厚啦，赏月只能到此了。回翻照片，看着月亮羞答答、犹抱琵琶半遮面的模样还挺有趣的。

"这叫残缺美。"媳妇说。

"也叫隐入尘烟。"我用了一部电影的名字作为回应。

生活中被乌云遮住的事情挺多的，乌云遮住阳光是常有的事儿，更何况，乌云有时还会蒙蔽人的眼睛，甚至是心智。很喜欢王安石那句"不畏浮云遮望眼，只缘身在最高层"。

十五的月亮十六圆。或许明晚再赏也不迟。假如往后的天气依旧如此，仍是多云或者阴天，我想，面对这种状况也不要因此变得沮丧，顺应就好。不管看见还是看不见，月亮都在天上，它在自己的轨道上按照规律照常升起落下，昼伏夜出。事情往往就是这样，耐心与容忍是可以解决一切的。

2022/9

在泥土中诞生

寒露前的那个周日,到山里去看朋友。还带了套我写的小书。其中一本书名是这位朋友题写的。

朋友叫周起翔。"大跃进"开始那年生的。长我几岁,当过教师。我习惯称他为周老师。

我与周老师相识于二十世纪八十年代中期。虽然在同一个单位,但往来并不多。周老师话少,不喜欢扎堆儿。课余时间,通常一个人在美术室里摆弄泥土。一九八九年,他在西安美术家画廊举办了个人雕塑展,霎时,他宛如横空出世的一颗新星,令同事朋友叹服不已。玩泥巴还真玩儿出了名堂,他成了陕西美术界瞩目的风云人物。说起来,这已是较为久远的事情了。

周老师常有一些行为使我们惊讶。记得,有一年暑假,收假后,我见了他,模样又黑又瘦,高高的个头越发单薄,像是变了个人。问他是不是病了。他笑笑,轻松地说,去了一趟西藏。西藏！听到这两个字，我感到惊诧。那时，旅行还是个新鲜事儿，去西藏更是不可想象。西藏交通闭塞，像一座孤岛。于普通人而言，进藏难，可谓难于上青天。在我追问下，周老师讲述道：

"去西藏，一方面，是为了写生，搞美术的，不外出写生是不行的；另一方面，也是为了磨炼自己的意志，看看在苦难面前自己的承受力。于是，我怀揣五十块钱，只身进藏。路上遇到的艰辛不胜枚举。走路，搭车，甚至扒车。能坚持下来，全凭坚强的信念，这个信念就是热爱。

"到了藏区已身无分文。长时间的颠簸，使得浑身酸疼。头发疯长，如野人一般。鞋底子几乎磨破，加之紫外线的照射，皮肤被晒得黝黑，眼窝凹陷。有一天，身体实在快坚持不住了。看见远处有几间房子，我拖着无力的腿慢慢挪了过去，倒在了一户人家的门前。随着倒地的声响，由门里出来一个男人。男人看上去五十多岁，看见这种情形，似乎吓了一跳。他警觉地问：你是什么人，干什么的？我虚弱地说：我是个画画的。说着本能地打开了随身的挎包，里面只有笔和纸。看到这，男人急忙扶我进屋。我请求他给我一碗饭吃。我已经两天没有吃东西了。我说：我没有钱。男人没有说话，转身进了厨房，不多时,端出一碗带肉的饭。我就着泪水狼吞虎咽地吃完了这碗饭。男人说:你给我孩子画张像吧,算是你的饭钱,可以不要钱住下。"

讲到这儿,周老师收住了话头。他不再言语,眼睛噙满了泪水。

改革开放,唤醒了沉睡的经济,同时,也激发了人们心中的梦想。为了追梦,大家各奔前程。当时通信不便,彼此间的联系就中断了。

几年前,去韩城司马迁祠,远远望见祭祀广场上矗立着一座巨大的司马迁塑像。司马迁手握简册,须发飘逸,眺望远方,一副刚直不阿、威武不屈的神态。这神态,使我想起了《报任安书》里的司马迁。

在《报任安书》一文中,司马迁讲述了他遭受腐刑的经过,回答了他为什么要忍受常人不能忍的奇耻大辱,诉说了他的悲愤,阐释了他的生死观。人固有一死,或轻于鸿毛,或重于泰山。作为人,"活"的司马迁已经死了,而"死"了的司马迁还活着,他要用"死"的生命,撰写完成千古绝唱《史记》。

刚正的面颊、坚毅的眼神、威武的胡须、飘舞的发带,这不正是人们心中那个风骨凛然的司马迁吗!一个铁骨铮铮敢于直言的史官,一个

"虽千万人吾往矣"正直无畏的人杰。这是一座赋有司马迁生命和灵魂的雕像。

看了雕像说明,知是著名雕塑家周起翔先生的作品。

周起翔?我有些兴奋。网上查了一下,果真是他。又有点激动,多年未见了,他竟然已是蜚声海内外的雕塑大家。看来,这个世界,在成功与平凡之间,不是谁输在了起跑线,而是谁对梦想的追求更执着。

我的一本散文集需要题写书名,我想到了周起翔。我试着联系了他,电话那头传来了他愉快的话语。他满口答应,说是写好后联系我。接下来的几年,常有来往,两家也熟悉了起来。

"欢迎、欢迎。"晓玲嫂子依然是快言快语。人未到,具有穿透力的清脆语声先她而来。我向她问好,并打趣儿地与她拉话。

"嫂子是愈发地年轻了。"

"住这儿是被动养生。"

"养生还分主动与被动?"

"耕读,作画,书写。粗茶淡饭。思无虑,行无阻,鸿儒往来,谈笑风生。自然作息,生养自来,这就是被动。"

听罢,我豁然开朗。老子云,道法自然。"被动"是顺应。顺天应人,抱朴守拙。这实际是一种生活上的"主动"回归。

周老师一如往常。足蹬布鞋,一袭休闲装束。头发过耳,胡须三寸,略有花白。气色较前次相见要好得多,红润,舒展,轻松。想来,久居山中,与自然浑然一体,恬淡虚无所致。

之前,我多次造访这里,已是熟门熟客。农舍开间不大,却很敞亮。架子上摆着几件新近创作的雕塑,造型却是独特。

其中一件是,一个弓背坐在凳子上的男人,手臂搁在腿上,人腿和凳子腿化为一体。奇怪的是脖子上没有了脑袋,脑袋在凳子腿旁放着。另外三件也是有趣:慵懒地斜躺在椅子上的人,耷拉着脑袋站立在框架中的人,两个向上攀爬又相互蹬踏的人。"这是一组生活中的写实雕塑。"周老师边说边拿起其中的一件。他接着说,"有些事情,就是把脑袋想掉了也不会想明白的,因为人与物已经化为一体,逃脱不了的。"经他这么一说,我似乎明白了点。

我们又聊起了司马迁。我说:"那座雕塑已经成为司马迁塑像的经典。我个人觉得,从某种意义上说,是不是你的自画像?"我又补充说,我指的是精神层面。

周老师沉思了一下。他说这件作品整整耗费了他三年时间。为了把司马迁还原为那个时代的人物，赋予雕塑以生命，他在精神上一直处于亢奋中，仿佛活在汉代，不断地在与司马迁对话，为此，体重下降了十二斤。嫂子插话说，她见过周老师在塑造司马迁像时的状态，有一次在雕塑架上忙着，突然，他抱着塑像的头部失声大哭起来。她和他的学生在下面看着心疼不已，知道是周老师与作品又对上话了。雕像揭幕前，周老师请了徐村的村民来看，这些都是司马迁的后裔。看见塑像，他们扑通、扑通地纷纷下跪，对着塑像——他们两千多年前的先祖三拜九叩。他们含泪对周老师说，这就是他们心中的先祖啊。

午餐，上了农家豆腐，小葱炒土鸡蛋，蒸南瓜，拌野菜，锅盔辣子，一盆酸汤面。竟然还有大闸蟹。嫂子说，是学生送上山的，其余都是山里产的。

吃饭时，嫂子讲了一个小故事。周老师在美院读书时，他的一个朋友在医学院上学，为了更准确了解人体结构，在朋友的帮助下，他们深夜潜入解剖室。朋友有事随即离去。房间里，除了几具尸体，再无他人。万籁俱静。周老师专注解剖。事后，问他害怕吗，周老师不无尴尬地笑答，怕呀,但机会难得,无我是医治一切的最好方式吧。曾经的这些经历成就了周老师那双犀利、具有透视功能的眼睛。

返回的路上,我想,周老师手中的那团泥土,不仅是他快乐的源泉,而且更是他"创造"的过程。他要目睹和感知手中的泥土有呼吸、有灵魂。周老师的使命就是给这些泥土赋予生命。他生命的意义也就在于此。

每个人或高贵或平庸或低贱,都是带着各自使命而来。孟子云:天将降大任于是人也,必先苦其心志,劳其筋骨,饿其体肤,空乏其身,行拂乱其所为,所以动心忍性,曾益其所不能。圣贤们说,橄榄只有通过不断地萃取才能榨出它的馨香之气。周老师此前所受的一切磨砺正是为这馨香而来。一个赋泥土以馨香的人,内心一定干净纯粹。

2021/10

皆在自心

二〇一八年在台北旅行期间遇到一件事,每每想起便会觉得内愧。这件事如同一面镜子,把心底藏着的一些不能见人的龌龊照得清清楚楚,我发现,在我躯体之内竟还存在着另一个本我,这令我惊异,也使我不能忘怀。

那是我到台北的第二天。早饭后,我背上行囊搭乘捷运(地铁)去景点参观。从纪念堂出来已近中午,太阳高高的,有些刺眼。我举着相机对着广场前的牌坊拍照。忽然镜头里闯进来七八个不速之客。"怎能这样没有礼貌!"我心里嘟囔了一句。从外表上看,这些男女皆已入中年,从口音判断他们与我一样是大陆北方人。此时广场上就我们几个。他们完全忽略了我的存在,以及我正在拍照的情形。他们三三两两,或合或分,不断变化着组合拍照。我拎着相机站在阳光下耐心地等待,当他们大大咧咧地离去时,我已被晒得满头大汗。那一刻,拍照的兴趣减去了大半,随便按了几下快门,便匆忙赶往下一个去处。其实,这样的情况在大陆旅行时也常遇见,这不是教养问题,而是一种焦虑心态下的自我保护意识,以自我为中心,漠视或者忽略他人的存在,什么事儿都想抢先。

我在一个路口迷了路,找不到该去的方向。我站在红绿灯下踟蹰,焦急地查看地图,我想找到最近的捷运口。然而,毕竟与大陆有差别,特别是不规则的道路,使我根本找不到方向。

无奈之下,询问路边一位等红绿灯的老太太。她把手里拎着的一兜蔬菜放在地上,听完我讲述后,对着地图向我说了起来。她很耐心。红灯变成了绿灯,又变成了红灯。由于她方言较重,我听得很费劲。实在不忍心再让她讲下去,我便连连点头,示意我已经听明白了。她看到我的表情,满意地笑了,弯腰拎起菜兜过了斑马线。我在她身后连连说着"谢谢,谢谢您"。

老太太走后,我并没有立刻离开原地,而是一边想老太太说的话,一边继续低头在地图上查看路线。

"有什么需要帮助的吗?"耳边传来一声柔和的女音。我抬头看到咫尺之处站着一位女士,她正微笑地看着我。

她见我看她,便又补了一句,"需要帮助吗?"

这是一位中等身材,短发、微胖的女士,身着得体的职业装,白皙的脸上透着干练的微笑。

我疑惑地看了看她。这种事儿还是头一次遇到。

她似乎看出了我的心思。"刚才我看见你在问路,好像没有问清楚。你要去哪里?"她的话是那种夹带南方口音的普通话,听着悦耳。我朝她点点头,讲了我的想法。

"正好也要去那里,陪你一段路程吧。"她说。

我们边走边聊。她健谈,不缺少话题。

她问我是从哪里来的,我如实告诉了她。我不想撒谎,而且我怕我没有能力去圆说过的谎话。显然,她对我生活的城市不陌生,她讲了去西安旅行的经历,讲到兵马俑时,她夸张地说:"吓死人啦,游览的人太多啦呀。"她问我什么时间来的台北、预备待多久、还想去哪里参观,等等。我感到有些被动,甚至心里有点紧张。即便如此,我依旧如实回答了她。同时,我也在想,我不会是遇见骗子了吧?她会有什么企图呢?我又担心她会不会是"某某功"分子,若那样,就麻烦了,我心里七上八下的,想着咋样尽快摆脱她。

穿过一个街口又一个街口。我们之间除了偶尔的对话外,大部分时间处于她在说、我在听的状态。她给我讲她在大陆游学、旅行的经历。而我始终保持着一份戒心,不断提醒自己:她是一个陌生人。

约有半个小时的光景,我们在路边停了下来。她指着前方说:"前面那个路口,向右拐,就可以看见捷运口了。"她说,她还有事情要去做,就不陪了。我们相互道别,她转身折返,朝着来时的路程走去,边走还边转过身摇手。我刹那间明白了,她与我并不是同路,她只是为了帮助我才谎称与我是一个方向。

我目送她远去。突然感到一种不安:我的那点戒心会不会让她看出来了?我为自己刚才的心思感到羞愧。一座城市的文明程度不取决于马路的宽窄和建筑的光鲜与否,而在于她是否温情。而这种温情反映在现实中就是对待陌生人的态度。

在台北那段时间,每天或东或西,抑或南北。从周围人的长相、穿着、语调、饮食和居所上,我觉得自己好像身处南方的某个城市,熟悉的味道、色彩、乡音,熟悉的建筑格调,一切似曾相识。但细细想来,台北给予我的感觉不是外在的味觉、视觉、触觉,而是心灵的觉醒。每个人都是君子,又都是小人。君子也好,小人也罢,皆在自心。

           2019/1

幸福其实很简单

早几年,在我居住的巷子里有一对卖胡辣汤的中年夫妇,每天早上去锻炼时总能碰见他们。夫妻俩推着一辆四轮小车,不是从巷子的另一端走过来,就是已经走在了我的前头。

夫妻俩把小车摆在一处拐弯的地方。这里稍显宽展点儿,能够在车旁支一张折叠桌,再摆上几个塑料方凳。

当我锻炼回来时,通常会坐在桌旁咥上一碗后再回家。还别说,胡辣汤的味道还真不错。

接触的时间长了,我渐渐发现,夫妻俩挺活泛,与往来巷子的许多人都熟络。他们边忙边与路人打着招呼。"咋,送娃呀""对""哎,老李,来咥一碗""不咧,有急事。"夫妻俩常是喜盈盈的,待人一副乐呵呵的劲头。

看他俩的年龄,在五十上下。男的中等个头,不胖不瘦,圆脸、寸头,有股子豪气。女的年轻时一定是个美人,一米六几的个头,微胖,瓜子脸，扎着马尾，那双眼睛真诚而纯净。

夫妻俩有分工。男的立在小车后面忙活，只见他左胳膊抬起，手里拿个白瓷碗，拇指抠着碗沿，食指扶着碗边，余下的三个指头托着碗底儿，将碗悬在盛着胡辣汤的大盆上方，右手则拿个木勺往碗里盛汤。舀完后把木勺放在盆里，再用右手挖一小勺油泼辣子，淋上几滴香油，这时候就可以端给客人了。不要小看这几个动作，不仅是技术活儿，也是力气活儿。左手使的是力气，右手用的是技术。好的师傅，三勺子盛满一碗，碗中的牛肉丸子、各种蔬菜、汤量大小几乎一样。精准、快速。连舀几十碗都一样。女的则负责端碗、收碗、算账。当然，还有就是与客人聊天。

我常去他们的摊子，尤其是头天晚上多喝了几杯后，早上肚子空得难受，喝碗胡辣汤就舒服多了。

久而久之，与夫妻俩成了熟脸。然而，我却始终没有问过他们姓啥叫啥，似乎缺少这样的习惯。

记得，猴年的年三十那天，一早照例出门晨练。平日热闹的巷子一下子空寂许多，寒风吹着树叶满世界跑，夫妻俩依旧在拐弯处摆着摊子。我跟他们打了个招呼，忽然冒出了与他们聊聊的想法。于是，停下脚步，要了个小碗，坐在桌前，边吃边与他们聊了起来。

聊天中，我得知夫妻俩是回民。回民有自己的节日，是不过春节的。夫妻俩住在巷子北边粮贸公司院子里。俩人都是二十世纪七十年代初生的。之前，也曾有过正式工作。女的在街道工厂上班，很早就下岗了。男的在国营厂工作，由于厂子不景气，于是买断工龄后自谋职业。聊天中，我还得知他们有个正读大学的儿子。他们双方父母年岁也大了，好在还有其他的姊妹照顾。家里的收入除了低保，就全靠这个摊儿啦。

那天生意不多。女的对我说，她知道我在旁边的院子工作，还是财政养着好啊，不用像他们这么辛苦。我说，那叫你儿子考公务员吧。她说，随他吧，干啥都行，只要能养活自己。我问她，家里困难吗？她说，好着呢。说完，转身去招呼别的客人。过一会儿，她回来接着对我说，都挺好，也没什么好抱怨的，怪就怪年轻时没有好好学，没文化。

临走时，她一边找钱给我，一边又讲了一些话。她说："你没看见那伊拉克、埃及都乱成马咧，还有叙利亚的难民，多可怜。咱们国家可不能乱，乱了，倒霉的先是咱百姓。没病没灾、没有战争，这日子多好。自己动手养活自己，不丢人。平安、健康就好。"我听了后有种说不出的感觉。

那天，喝完胡辣汤后，放弃了锻炼，回屋收拾了一下，开着车去墓园给父母上香。临离开时，我对着墓碑说：爸妈放心吧，我们都好着呢，都平安，也都健康。

许久没有碰见夫妻俩啦。兴许他们有了新的谋生方式。愿他们平安，愿他们健康，因为这就是幸福。

2020/2

聚香而生

办公室窗外的楼下种着几棵桂花树。几棵呢？没有细数过。一棵，两棵，五棵？或许是六棵。以前，它们散落在院子的不同地方，后来，院子改造，就把它们集中安置在了这里，形成了一小片桂树林。

每到中秋前后，树上开满了明黄色的小花。有成串儿绽放的，也有三五扎堆儿盛开的。少有独自躲在一旁的。它们密密麻麻拥挤在一起，个个像是铆足了劲，相互比试着散发香味。霎时，那沁人心脾、略带点甜腻腻的香味便飘满了院子的角角落落。

这片桂花树恰巧种在院子大门入口不远的楼下。每天早上，人们闻着花香走进楼内，开始一天的工作。傍晚，大家又带着香气告别这里。于我而言，则是多了一次与花香相处的机会，因为，我只要推开窗户，那香味就翩然而至，想拦都拦不住。

中午散步，一个人去树下闲转，还摘了一朵小花。花儿在我的手掌里显得娇小，模样也不怎么起眼，少有可以夸耀的地方。我把它搁在鼻子底下闻了闻，香味并不浓郁。看来，我先前的猜想是对的。一朵花儿发出的香气是有限的，千朵万朵，甚至百万千万朵花儿聚集在一起，它们共同散发出的香气才是一股巨大的能量。这种能量足以改变世间对它们的认知。一朵花开不是春，万紫千红春满园。

我对着桂花拍了几张照片，随手又写了一段文字，然后把它们发在了朋友圈。我这样写道："又是桂花绽放的时节，秋色渐浓。春生夏长、秋收冬藏是大自然循序轮回的一个过程。于人而言，顺应自然、依时而生则是最好的活法。秋，既无所谓悲，也谈不上喜，恬淡地去面对才是应有的生活态度。桂花开了，找时间摘些泡酒，把秋天的记忆留住。"

之所以有这样的文字和状态，是因为第二天上午，省文明办将会同省、市、区等有关部门组成督导检查组，对我们创建省级文明单位情况进行督导检查。心里有些忐忑不安，便出来缓解心绪。

说来，单位创建省级文明单位工作已经连续

三年了,这是一个漫长而又辛苦的过程。督导检查,如同进入了长跑途中的冲刺环节,为了这样一个行为我们已经准备了三年。《左传》言:"夫战,勇气也。一鼓作气,再而衰,三而竭。"我们必须带着笑容跑好最后一段路程,向着目标冲刺。

闻着桂花的香味,看着它们聚香而生的状态,我忽然有了主见。其实,单位每一个人都是一朵桂花,我只需把这朵朵盛开的桂花凝聚起来,他们便会形成一股共同冲刺的力量。如此,何愁事情不成呢?想到此,我信步走进了楼里。

2020/10

青水

傍晚到了青水，小雨跟着也下了起来。山里多雨，雨不大，但来得勤。青水是镇巴县的一个镇，距离县城有五十多公里。

镇巴是秦巴山中的一个小县，属于国家级深度贫困县。青水镇是镇巴县深度贫困镇。而我们帮扶的丁木坝村又是青水镇的深度贫困村。简单理解，就是重度贫困村。

丁木坝村在镇子北边，唯一的一条山路通向那里。到了村上，路也就到了尽头。从镇子到村上有三十六公里的山路。山连山，岭连岭。说村不见村，说人不见户。全村一百四十三户人家散落在周边的大山深处。入户摸底调查那阵子，帮扶队员们不知磨破了多少双鞋，遇到雨天，也不知摔了多少跟头。

镇上王书记已经在等我们了。说到扶贫的事情，他有些兴奋，说是全部脱贫了。清水镇下辖九个行政村，其中六个是贫困村，贫困村中又有两个村是深度贫困村，贫困户量大面宽、情况复杂，能按期摘帽真是不易。我向他道贺。

王书记叫王定学。三年前，初见面时，他像个小伙子，乌发，平头，身体匀称结实。交流时，他侃侃而谈，对基本情况，特别是一系列数字脱口而出。他是七零后，之前在县组织部门工作，来青水当书记也不长。干练、有思路是他留给我的印象。有几次来，老是看到他一脸疲惫的神情，眼里布满血丝，衣着也不讲究。这次变化蛮大的。

我向王书记讲了派驻村干部的一些情况。他说，帮扶队员们这些年办了不少实事。修路、拉电、通水、危房改造、建两委会，兴办产业，推动消费扶贫，等等。乡村振兴还要继续发挥他们的作用，帮着多联系、多跑信息，帮村上招商引资，有些事情村上是做不了的。

清早，一个人沿着青水河散步。想起根据赵树理先生同名小说《小二黑结婚》改编歌剧中的几句唱词：清粼粼的水来蓝格盈盈的天，小琴我洗衣裳来到了河边。遗憾啊，眼前这条河已经没有了歌曲中的意境。现在，雨季除外，多数时间河床是干枯的。

河对岸是一片开阔的平地，再往远处眺望是绵延起伏的山峦。太阳从山后探出头，一点点地升高。山脚下一排排白色的大棚整齐排列着，如一座座宝库，那里面装着致富的希望。大棚在阳光的照射下，勾勒出金色的轮廓。大棚种的是香菇、木耳，每年能为包扶村带来不小的收益，也解决了不少贫困户的就业问题。望着升起的袅袅炊烟，忽然冒出个念头，能在这里住一段时间，感受一下田野的气息该是多么惬意的事情。

早餐后，从镇上去丁木坝村，虽说道路已经硬化成了水泥路，但在我看来，依旧比较难行。坡陡弯急，一边是悬崖，一边是峭壁，开车需要的不仅是技术，还有胆识。

与王书记等一同前往。几经盘旋，峰回路转。蓝天白云下，最先看到的是山坳中飘扬的国旗，我知道，那是新建的两委会办公楼，在绿色的群山中显得分外鲜艳。不远处还有新修的卫生室，以及两百平方米的广场。我在楼里各个房间走了一遍，新购的家具及办公用品一应俱全。王书记说，比镇上的还要好。大家笑了笑。

我问村支书，那个曾经问我能不能帮个媳妇的人咋样啦。他说，有变化，但是变化不大。

事情是这样的。有一年，帮扶队员带我走进一户人家。屋里有个小伙子正忙着。房梁吊着几块腊肉，屋里屋外也整修得干干净净。我问："满意不满意?"他回答说:"满意。"我又问:"还有啥要求吗?"他木讷了一会儿。帮扶队员介绍说,他是八零后,三十大几了,一个人与他娘住这里,哥哥在外打工,哥俩都没有媳妇。他突然开口说:"能帮个媳妇吗?"说完后,直勾勾看着我。我先是一愣,继而随着大家哈哈大笑起来。

村支书刘永红老样子一点没有变。王书记说,他现在不当支书了,做了专职村干部。刘永红接话说,是当参谋。他又指着两个年轻人,那个是九零后,在村里做文书,那个是八零后,是副主任副支书,有了年轻人就有了希望。我问他,不当支书了会不会失落。"失啥子嘛,脱贫喽,后面的事情得年轻人上,人老了嘛,有些事情跟不上了。"

刘永红是村上搞了合作社的致富能人之一。五十来岁,正是干事的时候,他退下来,或许是另有想法。我说给他听,他嘿嘿笑了。

2021/7

叨蒲诚

一早,我和媳妇从长安郭杜大学城出发,走绕城,上高速,直奔蒲城。从卤阳湖收费站出来,再走不长时间就到了丹阳生态水果农场。把车停好,下车最先看到的是农场那块招牌,不锈钢材质,黑色印刷体,干干净净,宽宽长长,挂在屋檐下的红砖墙上。招牌就是门脸,建筑可以简陋点,门脸不能蒙灰。

上前看看,见大小门都关着,试着推了几下,门锁发出咣当、咣当的声音。响声惊动了院子里的狗,一条白色的大狗直冲着我们"汪、汪"。从屋里走出一个小姑娘,七八岁左右。她看我们一眼,又退了回去。那狗见女孩出来,叫得越来劲,若不是拴着,一定会扑上来。院子稍远的地方也传来犬吠声,声音低沉,还有一只更凶猛的家伙。

不一会儿,来了一对中年人,手里各自拿着一把剪枝的剪子,见到我们时满脸笑容。那男人边开门边说:"原来是王老师呀。"媳妇笑着点了点头。夫妻俩招呼我们往屋里走,小姑娘蹦着在前面引路。

屋子是主人用来待客的地方。靠西头放着一张写字台和一把老板椅,中间的地方摆着一张小圆桌,四周散落着几把扶手椅。

我环顾了一下,屋里有两样东西让我好奇,一个是西墙上的书法作品,一个是北墙上挂的牌子。

书法写的是"叼蒲诚"三个字。老话这样说,"刁蒲城,野渭南,不讲理的大荔县"。刁与叼,城与诚,发音相同,长相近似,但意思差之千里。是写错了,还是另有说法?北墙上的牌子是省上某部门颁发的,上面刻着"授予蒲城县丹阳生态水果农场陕西省示范家庭农场"。能被授予省一级的牌子,说明农场搞得不错。

大家很快聊了起来。媳妇说,她是2019年初与夫妻俩认识的,自那以后,一个月总要见上一两次面。

事情是这样的。每周三,夫妻俩都会拉一车鸡蛋来我们居住的小区卖。由于鸡蛋新鲜,价格公道,再加上两口子为人实诚,来买鸡蛋的人越来越多。于是,夫妻俩与大家建了一个群。谁家要、要多少，可以提前微信联系。媳妇认识他们以后，再没有到别处买过鸡蛋。

媳妇每次买点东西回来总要说几句，不是称赞夫妻俩的为人，就是说他们的东西好。去年闹疫情，夫妻俩坚持给大家送鸡蛋，还是老价格，解决了许多家庭的急需。

有一次，媳妇拎回来一袋甜瓜，说是可好吃了，老品种，大家都十来斤、十来斤地买。我一看，乐啦，是我爱吃的品种，个头不大，清白色的，小时候常是洗净了连皮带瓤一起儿吃。

又有一次，媳妇拎回来一兜梨。依然说了许多好话。尝了一个，梨水多得差点淹着我，甘甜不说，几乎没有渣子。媳妇说，这是酥梨的新品种，只管大口吃。

去年上冬，媳妇拿回了十几个馒头，说是酵头发的面，纯手工的。我掰开闻了闻，久违的面香。瞧着不怎么白，咬上一口，筋道得很，还是那夫妻俩拿来卖的。一冬天，媳妇每周都要买上一些冻起来。天暖和了，馒头却没有了。媳妇说问了原因，说是开春地里活儿多，雇人费用又太高，天热了，储存也麻烦，所以不做馒头了。听到这话，我有点沮丧。

我有个习惯，有馒头不吃米饭，有米饭不吃

面条。上大学时,我被同学戏称为:馍篓子。在西安生活这么多年了,愣是没有找到一家可心的馒头店。用酵母发面蒸的馒头总觉得欠点。

这个周三,媳妇打来电话,说是可以用酵头蒸馒头啦。她说,两个月前,她给那女的提了个要求,看能不能帮着找块儿酵头。许久不见回音,以为这事就过去了。没承想,她居然还记得。媳妇说,她这就把酵头泡上准备发面。

下班回到家,看见馍筐筐里放着十多个馒头。"看看咋样?"我闻了闻。"不错,是这个味道。""手艺如何?""美滴(得)很,碱面搁得合适。"晚饭时,我说,这个周六去蒲城看看。"要去,你联系。""你把微信推给我。"

我加了那男人的微信,不一会儿就有了回复。他说,他叫王海龙,欢迎来农场参观。他说,他在外面,到家后把位置发给我。周五我收到了消息。他说昨晚到家太晚了,怕打搅我们。

我向夫妻俩讲明了来意,问了一些我感兴趣的问题。海龙与我言来语去,有问有答。有时一个问题会扯出许多我不了解的情况。他说,他是高级职业农民,还有中级、初级的。县上成立了职业农民协会,他被选为副会长。说到这点,他很自豪。他说,他最担心政策的稳定性,土地种植不比其他，投入大，时间跨度也大，政策多变肯定是要赔的。

说到兴奋处，他建议到园子里转转，边走边说。他说，农场占地八十多亩，他自己的土地只有八分。这些年，他给流转户的价格总是高于平均数，都是一个村的，乡里乡亲，因此，流转土地相对容易些。他说，村里劳力越来越少，现在人工太贵了。国家要加强小型农机的研发，在农业机械使用上给予支持。他讲得越来越专业，有些农活儿我听得有些吃力。

在参观鸡舍时，我看到了一个有趣儿的现象：鸡在鸡舍外排队等着下蛋。鸡棚子里建有多排鸡舍，每排鸡舍有三四层，呈阶梯状排列。每层又分为若干个独立的鸡笼。笼一面孔大，一面孔小，有点坡度。孔大的一面，鸡进去下蛋，之后退出来；孔小的一面，有酥梨般大小，用途是把下的蛋滚落出去。一只鸡下完蛋走出鸡舍，另一只鸡再进去。海龙说，这需要对鸡进行前期调教，鸡刨食的时候在园子里满地跑，该下蛋了，就会自己回来，当然也有例外的。

从鸡棚出来，我问王海龙，"叼蒲诚"是咋回事。他笑笑说，那是他注册的商标品牌。叼，指的是嘴叼，吃的要讲究，嘴越叼，对身体越好。

诚,是诚信,诚信了生意才能持久。"你很有文化嘛。"我夸了他一句。他说,他是大专毕业,在西安城闯荡过多年,总觉得,干啥都不如农业稳当,关键是要找对路子。

两个多小时很快过去了。我们婉拒了海龙一家的午饭邀请,准备去县城咥一碗水盆。搜了一下,说是有一家店号称比蒲城历史还要久远。敢与全县叫板的馆子一定错不了,就它了。

2021/8

兰花开了

养了多年的一盆兰花开了。惊喜过后,在群里发了几张图片,又顺手配了点文字。发出去之后,引来好友们的围观。大家在关注之余,也对文字产生了点误解。文字是这样写的:兰花开了,开在阴雨的初秋,一股清新,一种惊喜,还有一个,心愿。

有好友留言,"是有什么喜事吗,可否透露一点?"还有留言说,"把心愿说出来听听。"等等。我有点疑惑,甚至感到诧异。问好友,他说,民间有"兰花开,喜事来"的说法,兰花开了,喜事就不远了。听罢,我这才恍然大悟,原来文字给人"欲说还休"的联想。

这几盆兰花养得有些年头了,除了那盆较小的是才买回来不久,其他的时间都差不多。那盆墨兰叶儿略宽些,挺拔玉立,犹如伟岸的男子;那两盆春兰叶子低垂弯曲,婀娜多姿的样子,好似翩翩起舞的少女。只有这盆建兰,叶子长且耸拉着，显得杂乱无章，如一个蓬头垢面周身油腻的中年人。

对这盆建兰，我好感不多，平常多搁在不显眼的位置。有一次，甚至差点顺手送了人。一日，忽然心血来潮，对它起了怜悯之心。于是，取过剪刀来，对它进行了一番修理，把那些懒散的横七竖八的老叶子毫不留情剪去，把那些重叠扭在一起的多余的叶子也剪去。东剪剪、西剪剪，上剪下剪，不一会儿，它居然有了另一番形象，再没有了以往调不顺的样子，反倒觉得有股子阳光帅气的模样。说来也是，之后的半个月，它竟投桃报李，开花了！成了几盆兰花之中最早开花的一盆。

这盆建兰的举动使我惊讶不已。难道它也懂得知恩图报！知恩感恩这本该是人具有的本性，难道植物也有吗？这真是个值得关注的事情。不过，我是相信草木有情的。你呵护了土地，它会给你带来丰收；你爱护了树木，它会给你送来阴凉。一花一世界，一叶一草总关情。

生命都是相通的，是可以用不同方式表达和交流的。前两天，看了一篇报道，说是一条金毛犬被无力抚养它的老人卖给了狗贩子，老人八十多岁了，也是无可奈何。金毛离开老人时，眼泪汪汪的，一脸茫然，它似乎预感到了未来的命运。一个路过的爱狗人士见到了这一幕，出钱从狗贩子手里又买下了这只金毛。这时候，一个令人意想不到的场景出现了，金毛一下子抱住了新主人，把头埋在主人的腰间竟然呜咽起来，在场的人无不为之动容。知恩感恩是世间最动情、最珍贵的品格。

喜爱兰花清新素雅的神态，至于是否开花倒还在其次。这些兰花倒也淡定，从来没有表露出要开花的意思，久而久之，已经习惯了它们这样的状态。有时我想，它们是会开花的，机缘到了自然会开，着急上火有什么用呢？至于哪一盆先开，哪一盆后开，或者开与不开都属正常。因为，决定开花的因素有许多，除了自身因素外，其他的如水、阳光、空气、修剪、施肥、换盆换土，等等，都会影响开花。开花与不开花都是它们的命。有时，甚至觉得，就这样不开花也挺好。随性生长，怡然自乐。

再细想，这些兰花的命运似乎与人的命运有共通之处。人生充满了不确定性，出生如此，死亡亦如此。每一个阶段，每一个关键点依然如此。如同这些兰花，开花与否，既取决于自身，又取决于外在因素。人也是一样，生命能否绽放，能否活得精彩也并不完全取决于自己。人能做到的只有顺应。顺天应人是最好的生存态度。

2021/9

城墙下的石榴花

我居住在玉祥门内,离城墙不远。得空的时候,常会去城墙下的公园里走走,锻炼一下。

明城墙始建于明洪武年间。从二十世纪八十年代起,城墙、城河,包括周边的环境经过多次整治,逐步建成了环城墙景观带,后来统称为环城公园。两年前,为了给十四届全运会在西安举行造势,又对环城公园进行了大的改造。铺了草坪,栽了花草,移植来不少景观树,添置了健身器材,修建了运动场地,还在林木花草中铺就了一条烟灰与深红色相间的蜿蜒的运动步道。

我每天的生活是从晨练开始的。即使出差、旅行也从未中断过。多数时间里,早晨、中午我会去城墙下散步。这么多年了,无论我身处何地,我总觉得在城墙下锻炼踏实自在,这或许是与城墙相处太久的缘故吧。

生活中,与人相交也好,与物相处也罢,处的时间久了自是会生出些情况。有日久生情,"相看两不厌"的；有见着就烦，恨不得"劳燕分飞"的；还有不温不火，见与不见无所谓的。说起来，我与城墙便是"两不厌"的关系。

暮春初夏，是最适宜晨练的时节。温凉适宜，晴热刚好，目力所及满是静逸的绿色。五月初的一天，我晨练后沿着步道往回走，瞧见远处一树红花在城墙下开得正浓，我知道那是石榴花开了。

石榴树的外形实在谈不上美，甚至还有点丑陋。它们通常个头不高，也就两米上下，枝干沧桑，枝丫凌乱且向外撇着，一副不修边幅大腹便便的样子。估计也是因为如此，石榴花虽然是西安市的市花，但在大街小巷却很难寻觅到它们的身影，应是受了长相的影响。

我环顾了四周，看见还有若干石榴树散落在城墙下的角落里，其中几棵是开着白色花的石榴树。我来了兴致，围着这些石榴树细瞧起来。

这是有些年头的石榴树了，长相就不说了，树上的石榴花却开得正欢。尤其是一朵一朵亮红色的大红花，让我想起劳模们胸前佩戴的红花，有的刚刚咧开花苞，隐约可见里面藏着的花心，最有趣的是那些油光锃亮的花骨朵，它们仿若小孩子抿着鼓劲吹气的小嘴儿，一副快憋不住了的模样。

我感觉，石榴花开得有个性。别的树，如玉兰、红叶李、红梅等，是先开花再长叶子，而石榴树恰好相反，是先长叶子再开花。春天来临时，当别的花儿竞相绽放、争奇斗艳时，石榴树则在一旁默默地发着新芽。初夏，当别的花儿凋谢了的时候，石榴花儿则在绿丛中悄然盛开，不妖不俗，不卑不亢，给人有种春来晚的感觉。

我掏出手机对着它们拍照，有路人停下脚步看我取景，也学着跟拍起来。一路之上，只要看见石榴树，我都会驻足观望一会儿，总想找个合适的角度多拍上几张。

晚间翻看照片，忽然有些感慨。初夏，当绿色铺天盖地时，石榴花不声不响地从绿叶中探出头来，进而悄然地盛开，既然开了，那就开得如火一样热烈，不开则已，一开惊人。这使我想起"生如夏花之绚烂"这句话。那么，怎样的花可以被称为"夏花"呢？在我看来，石榴花与荷花便是我理解的"夏花"。荷花的品行在周敦颐的《爱莲说》中已经讲得很透彻。就石榴花而言，唐代诗人韩愈的那首《题榴花》可否看作是对石榴花品格的释义呢？"五月榴花照眼明，枝间时见子初成。可怜此地无车马，颠倒青苔落绛英。"

说来也是巧合，前几日读书，刚好读过一篇季羡林老先生写石榴花的散文。文中有一段话颇使我反复咀嚼。"石榴花的凋谢没有飞花乱下珊瑚枝的景象，她即使落在地上，依然保持着花开时的样子，依然保留着那抹醉人、大方的嫣红。即便是落花，都能让人感到一种厚重，一种尊严。"

文章读后，随手胡诌了几句打油诗抒发感怀：五月榴花晚来春，安知不是花中君；花果均非寻常物，不争知止方是仙。

2022/5

夜听春雨

再有两日便是春分了,照理该是草长莺飞、柳绿春烟的日子,无奈,寒气如念旧的故交,总也甩不离。气温过山车似的,由前几日的两位数,猛然掉到了5℃上下,把盈盈春风又换作了料峭春寒。

晚饭后,屋外飘起了雨滴。隔窗凝视,昏黄的路灯下,行人急匆匆。记不得,这是立春后下的第几场雨了。只是这雨下在了暖气初停之后,顿时有了乍暖还寒的感受。

印象中,每年春天来得似乎都不是太尽如人意,在阴寒与阳初反复争斗交错中迎来和煦的日子。春天就如蹒跚学步的孩子,在跌跌撞撞中走向成熟。所有的春天都是美丽的,可是没有一个春天来得那么容易。

回到书桌前,翻阅写春天的古诗。"离离原上草,一岁一枯荣。野火烧不尽,春风吹又生。""春眠不觉晓,处处闻啼鸟。夜来风雨声,花落知多少。""好雨知时节,当春乃发生。随风潜入夜,润物细无声。"这些诗是早已熟记于心的,倒是陆游的《临安春雨初霁》读来甚有感触:

世味年来薄似纱,谁令骑马客京华?
小楼一夜听春雨,深巷明朝卖杏花。
矮纸斜行闲作草,晴窗细乳戏分茶。
素衣莫起风尘叹,犹及清明可到家。

诗的意境正和着此景,夜听春雨引来无限思绪。

我想,这春雨是好的。好雨知时节,润物细无声。给天空洗个澡吧,把多日肆虐的扬尘清理一下,让人们能够自由地畅快呼吸。让干渴的青苗享受这雨露的滋润。

我想,这寒凉是好的。夜来风雨声,花落知多少。几度风雨方能见彩虹,春暖乍寒也是生命中不可或缺的历练。温室里的花朵再鲜艳也不如高山上的一棵草顽强。

我想,这季节是好的。离离原上草,春风吹又生。如果将四季拟人化,我会把春天看成是少年,夏天是青年,秋天是中年,冬天便是老年。四季更替,由少年、青年、中年至老年,这是年轮增长的过程。由老年再到少年,则是故我非我的过程,是生命的浴火重生。重生不是简单的重复,而是新生命开启的又一个轮回。

　　于自然而言,每一个春天都会如约而至;于生命而言,每一个幸福都是努力的结果。与其静待花开,不如投身风雨,在奋斗中让生命获得礼赞。雨还在下着。此刻,无论是看雨还是听雨的人,心境都会有所不同吧。

2021/3

秋叶礼赞

每一个生命都有自己绚烂的时节。人类是这样，动植物也是一样。在我看来，一片树叶的辉煌，不在于春，不在于夏，更不在于冬，而在于秋。

秋天的气象是多变的。秋雨秋爽交替，秋风秋寒相伴。中秋过后，寒露、霜降纷至沓来，在不知不觉中，枝头上的叶子在悄悄变换着颜色。于北方而言，进入秋天仿佛是走进了叶子的世界。一树树，一片片，红的、黄的，或者红绿、黄绿相间，把渐入萧瑟的秋装点得浓郁而富有诗意。叶面光滑洁净的有之，略带斑点灰暗的有之，残缺不全的也有之。在我眼里，每一片斑斓的叶子都饱含着日月的沧桑：春芽时的稚嫩，壮硕时的成熟；疾风骤雨下的坚强，病虫折磨后的无奈。

秋日里，那一片片叶子飘零而落是秋天最美的时候，那是秋叶在挥手向这个世界作别。虽然它们没有春天盛开的花朵那么娇艳可爱，也散发不出任何诱人的香味，但是，它们是用自己最后的奉献为冬天的到来留下一抹色彩。然后，零落成泥，化作一撮尘土，紧紧拥抱在大树四周，培植守护未来。我想，这便是秋日之美的所在，也是人们赏秋、咏秋的所由，更是秋叶大美的全部。这种美是坚强无私的，低调沉稳的，高贵大气的。

于天而言，天有四季，春夏秋冬；于人而言，人有四时，少年、青年、壮年和暮年。四季有轮回，周而复始，无穷无尽；人生有四时，转瞬即逝，不可往复。然而，于叶子而言，一生却只有三季，春天、夏天和秋天。相对于天的四季、人的四时，叶子生命似乎更加短暂和急切，在经历了春天的温暖、夏天的酷热后，直接走进了寒凉。在冬季来临之际，用自己全部的爱去拥抱未来。生如夏花，死如秋叶。生之灿烂，死之静美。这是对夏的眷恋，对冬的期许。

人是应当向秋叶学习致敬的。不因生命短暂而抱怨，也不因默默无闻而抱憾。当春天来临就茁壮成长，把希望播撒在大地。当夏季来临时就勇敢面对，撑开丰满的叶片，为大地留一片清凉。当秋天来临，就把积攒一生的美丽无怨无悔地奉献出去，让生命接受最后的礼赞。

2020/11

第二辑　他日如何举似人

溪声便是广长舌，山色岂非清净身。夜来八万四千偈，他日如何举似人。

——苏轼《赠东林总长老》

人的本性是自我，多是活在自己的世界中。因此，生活便呈现出多彩与丰富。允许多样性的存在，说明容忍和包容的可贵。然而，认知上的不同，会造成"三观"的差异，包容他人是文明的表现。

蒋子龙老师

二〇一九年十二月下旬的一天,我收到了王鹏程教授发来的微信消息,说是近期蒋子龙老师要来西安作讲座,看我有没有时间去听。几个月前,与王教授聊天时,谈到过小说《乔厂长上任记》对我的影响,王教授心细,还记得此事。

得到消息后,我有点兴奋。当晚,我从书架上找出小说集《乔厂长上任记》。这是江苏文艺出版社一九七九年十月出的,这本集子汇聚了当时十八位作家的优秀中、短篇小说。改革开放的初期,作家们为时代所鼓舞,积极投身到社会生活的方方面面,从不同的侧面写出了许多引人深思、鼓舞人心的作品。反映企业改革的小说《乔厂长上任记》便是那些优秀文学作品的代表之一,也因此成了这本集子的名字。

我把书拿在手里翻阅到《乔厂长上任记》,书中的乔光朴等人的形象又一次浮现在脑海里,虽然那已经是久远的事情了。"雄心是不取决于年岁的,就像青春不一定要属于黑发人,也不见得会随着白发而消逝。"说这话时,小说中的乔厂长已经是年过五十五岁的人了。

我把书放进了背包,我要请蒋老师在书上签名。

二十世纪八十年代初,《乔厂长上任记》被拍成了电视剧。那个时候,电视还是个稀罕物品。我生活的厂区办公楼前有一台十八英寸的黑白电视机,金星牌的。晚饭后许多人撂下筷子就往这里跑,电视机前坐满了人,大家是冲着《乔厂长上任记》来的。

那次与王教授聊天后不久,他便把蒋老师的微信号推送给了我,并说,他给蒋老师说了我,让我加蒋老师。

时隔不久,微信里忽然跳出一条消息,拿起来一看,是蒋子龙老师发来的:"张先生好。"那一刻,我有些惊喜,忙回复说:"蒋老师好,谢谢您通过我为好友。"我等不及蒋老师回复,又快速写了一段较长的文字:"我在西安工作,上中学时,您的《乔厂长上任记》发表了,看后大为感动,高考填报志愿时,报的全是管理专业,立志做一个乔厂长式的人。几十年过去了,依然是风雨难灭心中的火花。真诚地谢谢您,是您的作品鼓舞影响了我的人生选择。"蒋老师回复说，"谢谢您这些美好的话。"

看讲台周边站满了人，蒋老师被围在中间说着什么，我拿出准备好的书和笔，从后排挪着朝讲台走去，假如不抓住开始前的这点时间，怕是后面就没有机会了。

"蒋老师好，我姓张，咱俩加了微信的，前不久还聊过。"我挤到跟前，对着蒋老师说，"您给我签个名吧。"我边说，边把那本《乔厂长上任记》递了过去。蒋子龙先生微笑着看看我，没有说话。他拿起我递过去的笔在一张纸上试了试，写了几下，笔竟然不出墨，我好尴尬。此时，只见蒋老师不紧不慢从口袋里掏出自己的笔。我报上了姓名，特地强调说："是火字边的焕，焕发青春的焕。"蒋老师再次微笑着看了看我，然后写了起来。写完后，我拿着书与他合了影。

那天，蒋子龙老师以《文学的撤退》为题谈了一个多小时。讲台上，他时而风趣幽默，时而凝重严肃。他对文学的思考引起大家的共鸣。

他说，文学要从公共生活中撤退，解决文学出不了文学圈子这种怪现象，摒弃逃避真实、真相的假感动。他说，文学不会死，但要撤退，恢复文学的本来面目，文学作品只有自己感动才会有灵魂。讲座的最后,他引用了一句俄罗斯作家的名言作为结束语:一句真话比整个世界的分量还重。

那天,蒋老师上身穿一件条纹衬衫,罩一件夹克外套,下身是一条牛仔裤,看上去极具活力。仅从外表上看,很难把蒋子龙先生与八十岁的老人联系在一起。

夜幕降临,华灯初上。往家走的路上我在想:四十年前,因为文学我知道了作家蒋子龙;四十年后,还是文学使我与蒋子龙先生相逢。他的讲座让我懂得了思想是文学的魂,没有思想的文学是会死亡的。没有人愿意看到那一天。

2020/1

高看一眼

按着约定,下午去了高建群先生的工作室。上到楼上,见门半敞着,门边竖挂着块不大的长条形牌子,上面写着:高看一眼工作室。

敲门无人应声。正待张嘴,见先生端着烧水壶从厨房出来。"你来啦。"先生微笑着说。我"嗯"了一声。"先坐下喝茶。"我坐在茶台前,看先生泡茶。他把壶盖揭开,抓了把茶放进壶里。他说,是普洱茶,生普,喝着回甘有味。他一边往壶里注水,一边接着说,喝会儿茶,不急,事情慢慢来。

先生穿一件丝质褐色小衫,配一条休闲裤子,坐在茶台的另一边。他笑眯眯的,面色红润,精神足,慈祥的神态如一尊菩萨。

望着先生泡茶倒茶的动作,心中有种油然而生的亲近感。想起早些年初识先生的那一幕。记得是在秋季的某天,我们单位承办了一期陕西省院士大讲堂,需要请两位老师来作讲座。一个是中科院院士、西安交大的卢老师，另一位是国家一级作家高建群老师。高老师那天讲的题目是《中华文明与中国文化》。

在这之前，我不认识高建群先生。我从朋友那儿要来先生的电话，打了过去。电话里，我自报家门，讲了想法。电话那头高老师安静地听着，极少插言问话。待我说完情况后，先生说，他听明白了，让我方便时去他的工作室再详细谈谈，并告诉了地址。第二天，我便如约前往。

工作室在丰庆公园里，在一座建筑物的一楼。门也是半敞着，有两三个人围在茶台前闲聊。先生则是一手拿烟，一手叉腰，凝神望着窗外，似乎在想什么。我叫了声高老师，他看了看我，"你是谁？"我说了情况。他高兴地握着我的手说，"来咱们先喝茶，边喝边说。"那天事情说得顺利。出了门我想，这是个好打交道的老汉。

自那以后，与先生多有联系，偶尔问候一下。二〇一九年初夏，散文学会设立了一个读书组织，叫"金桥读书坊"。大家在商量请谁来题写牌匾时，不约而同想到了先生，并让我前去洽谈。我有点为难，因为与上次请先生作讲座不同，那次是有报酬的。这次呢，完全是"干指头蘸盐"，先生会给我面子吗？心里没底。

我又给先生打了个电话,讲明了情况,也说了些过意不去的话。先生在电话里说,"明儿下午你来,这没有什么,爱读书是好事情。"他告诉了他的新工作室位置,也就是现在的这个地方。

那天我见到了"高看一眼"匾额。当时没理解,只觉得与高老师的姓氏联系在一起蛮有意思的。

那天,我完成了任务,还有意外惊喜。先生指着墙边一幅装裱好的作品说,那个也送给你,原是给别人预备的,你先拿走。我一看顿时不知说什么好。那是一幅六尺的条幅,写的是苏东坡的两句词:竹杖芒鞋轻胜马,一蓑烟雨任平生。东坡的词是我喜欢的,先生的书法亦是我喜欢的。回去的路上我心里说,真是个厚道的老汉。

"你喝茶。"先生指着茶杯。我从回味中回过神,与先生聊了起来。我说明了来意。他说,孩子的事情需要帮忙义不容辞,写几个字不算什么。他掏出手机翻看了一会儿,又把手机递给我,说你记一下电话,如果孩子工作需要可以打这个人的手机,就说我是孩子她伯伯。

那天我得了一本先生最新出版的《丝绸之路千问千答》签名书,孩子的要求也满足了。末了,先生说:"我再给孩子写幅字,你代我送给她。"说话间,先生又再次提笔挥毫。

"开张天岸马,奇逸人中龙。"等落款题完,先生抬起头说,这是洛阳龙门石窟第一名联,用来祝福孩子所做之事情恰如其分。我不禁暗暗叫绝,先生真是好记性。我心里默语,真是个受人敬重的老汉。

出门时,我又瞅了一眼那块写着"高看一眼"的牌子。

平时没在意,不甚了解"高看一眼"是句成语,还是日常俚语。我理解,"高看一眼"的基本意思是对某人的认可和赞许。我猜想,先生用"高看一眼"作为工作室的名字用意是双关的:一是表示主人对来宾的尊重;二是说明访客对主人的认可。谈笑有鸿儒,往来无白丁。高看是相互的。当今,自我感觉良好者居多,谦和待人、赞许他人反成了奢侈。俯下身段,高看他人一眼实属难得。

2021/8

我的大嫂

母亲节到了。随着岁月的流逝,母亲在我心中早已化成一缕思念。于我而言,在这样一个温馨的日子,除了对母亲的怀念外,还有另一种伤感的情思。去年五月,我失去了一位不是母亲而被我视为母亲的人。她就是我的大嫂。

在我不到七岁的那年夏季,父母带着家中排行最小的三个孩子乘火车举家迁往河北农村老家。经过三天四晚的颠簸,一家人终于回到了祖籍。在老家,我第一次见到了奶奶,认识了叔叔婶婶一家,以及姑舅姨们,堂、表兄妹,还有我的大嫂。

大嫂中等身材,圆脸,肤白,梳着两条大辫子,眉宇间有颗美人痣。她总是喜盈盈的,话不多,笑时露出俩酒窝。听母亲说,大嫂是我二姨家的大女子,照理我该叫她大表姐的。

对于大哥的婚事,我一无所知。但令我困惑不解的是,大哥为什么要在老家找媳妇,而偏又是我的大表姐。隐约觉得母亲对这桩婚事似乎不是太满意。她嫌大嫂身子骨弱，娇嫩，没怎么吃过苦，不太会过日子。当然，这些都是我成人后道听途说来的。偶尔也听大哥嘟囔过，说是父亲毁了他的幸福。至于牢骚背后的故事，大哥没有讲过。我想，假使我是大哥的话，肯定会找个吃商品粮的城里媳妇，那日子过得就是另外一个样子了。大哥儿女双全，却成了"一头沉"。他独自在外工作，承受着经济和精神上的双重压力。父母为大哥的事儿也没少怄气。母亲总是埋怨父亲做事独断。每遇到大哥家里有点问题，母亲便会忧愁叹息。她也只能如此。父亲在家专横惯了，甚至有些霸道。

在那场旷日持久而影响广泛的浩劫中，没有哪个家庭不被卷入其中。有的成了被批斗改造的对象，有的成了批斗他人的"革命人家"。人与人之间的关系一夜之间会由朋友、同事逆转为敌我对立的阶级斗争。一条并行的红白线把人隔开了。站在红线一侧的人是根正苗红的好人，站在白线后面的人无疑是坏人。好人与坏人、敌人与友人间，不停相互转化，谁也不知道，第二天一觉醒来自己是个什么人。父亲作为扛过枪打过仗的军人，和单位领导被划在了白线一边，成了"走资本主义道路的当权派"。在武斗最紧张的时候,父亲带着初中毕业的大哥从新疆哈密跑了。父子俩最后辗转回到了河北老家,他们受到了奶奶、叔叔和家族的庇护。在逃亡岁月里,我想,父亲一定对自己以及家里的事情想了很多,对未来思考了许多。他认为,他最急迫的事情是抓紧再建一个安定的窝。换句话说,面对乱糟糟的局势,父亲打算给家庭找个以防万一的备手。有了窝,就得有守窝的人,目力所及,父亲的眼光落到了大哥身上,而最好的方式便是联姻。那次逃亡注定了大哥往后的生活。面对如此巨变,大哥能怎样?他是长子长孙,下面还有五个弟弟妹妹,这副担子他得挑,多重都得担在肩上。那年他才刚满二十岁。大哥的境遇,很容易使我联想起巴金小说《家》中的老大觉新、老舍笔下《四世同堂》中的瑞宣。作为长子,顺从长辈是他的天职,也是他作为弟妹榜样的责任。

父亲把奶奶居住的宅院里外重新收拾了一遍。奶奶住前院,后院住着叔叔一家。叔叔是父亲唯一的弟弟,哥俩一个在外闯荡,一个在家赡养老母。叔叔也是能干的主儿,他在村里当生产队小队长。父亲是村里张家门我们这一脉的老大。他年幼时眼见着我的爷爷倒在了日本鬼子扫荡的刺刀之下。他十七岁时，奶奶送他参军打鬼子。父亲成了家族里见过世面的人，他说话有些分量。

父亲把老家当成了根据地，并着手实施他的想法，其中包括大哥这门亲事。守护祖产，照顾奶奶，亲上加亲，随时回迁。我猜想这便是父亲的想法，虽然我没有听他说过。只是后来形势发展没有父亲预料的那么糟糕。

全家由新疆回到老家是父亲逃离一年之后的事情。在老家待了一段时间后，父亲见我们逐渐适应了农村生活，便向叔叔做了嘱托，然后与大哥又走了。母亲带着我们哥仨，还有奶奶、大嫂一起生活。与在城里生活相比，日子是安定了不少，但随之而来的问题不断。口粮问题是最大的难题。黑人黑户，无法分到口粮，也没有自留地，即便有钱也很难买到粮食。另一个大问题是做饭的燃料问题。根本买不到煤，只能烧柴火，而柴火都是队里分的。借东借西成了常有的事儿。也就是这段时间，母亲开始对大嫂有了看法。

那年秋收后不久，父亲又回来了。他看上去情绪不错，像是遇到了什么喜事。不久，父亲带着母亲以及二哥和小弟都走了，留下我一个人与大嫂、奶奶生活。老宅子一下冷清了。

我成了大嫂的小跟班,她到哪里就把我带到哪里。有时她会带我去串亲戚,姥姥家,小舅家,四姨家,包括她自己的娘家。有时她会带我去赶集。记忆最深的一次是在集上她给我买了一根油条,那个香劲儿至今难忘。我们俩吃完后,她对我说,回去后跟谁都不要说,不然以后就不带我了。

大嫂常骑一辆自行车出去。她把我放在大梁上。遇到有人问起,她说,我是她小叔子,叫小五子。"小五子"是家里人叫我的小名。我在兄弟姊妹中排行老五。父母给我起名"更五"。至今我也不清楚"更五"的意思,是五更生下的我,还是族谱上我是"更"字辈的。家里,除了大哥、大姐和我的名字中带有"更"字,其他三个姊妹则各是各的名字,谁也不挨着谁。

母亲走后,我睡到了大嫂的屋里,并且是在一张热炕上。睡前,她会督促我洗脚,帮我铺好被子,早上起床后,她会先给我打好洗脸水,然后叠被子,收拾屋子,做早饭。日子就这么一天一天周而复始地过着,没有任何波澜。对于父母为何不带我一起走搞不清楚,后来也懒得问了。在老家待久了我不再想他们,反而对大嫂产生了依赖。

眨眼到了年根儿,那是一九七〇年的春节,过了年我已经七岁多了,到了上学的年龄。一天晚上,我刚钻进被窝,大嫂开腔了。她说:"五子,给说件事儿,开春后你该上学了,上一年级,这两天嫂子给你缝个书包。"我说行。大嫂又说,"干脆我给你改个名吧,你就随你大哥,叫焕军。"我觉得挺好,便答应了。从此,这个名字一直使用到现在。

天气暖和的时候,父亲来接我了,同来的还有大哥,他是来接嫂子去他那儿的。打那以后,虽然偶有与大嫂见面的时候,但相处的时间都不长,每次见面都非常亲。再后来,大哥调到了山西工作,与大嫂见面的机会更少了。

二〇一九年的"十一"假期,我决定去一趟山西,去看看大哥一家,顺带转转雁北地区。见到大嫂时我十分惊诧,她的身体大不如前了,面容憔悴而苍老,走路慢慢地,显得格外吃力。从前那个活力四射美丽光彩的大嫂现在连一点影子都寻不到了。岁月对于她更显残忍。我为大嫂的身体感到担忧。

去年五月下旬,大哥打来电话,他说:"你嫂子走了。"我感到突然。距上次见面还不足一年,怎么就不在了呢?我安慰了大哥几句。由于各种影响，我未能到场送大嫂最后一程，这使我内心一直不安。这篇文章原本是要在大嫂百天忌日时完成的，但冥冥之中被拖到了母亲节这天。俗话说，长嫂为母。许是天意吧，是上天让我用对待母亲的礼数来怀念我的大嫂。

走了是一种解脱。愿大嫂在天国顺遂。

2021/5

母亲的缝纫机

每逢过年,脑子里总会浮现出母亲在缝纫机前忙碌的身影,伴随缝纫机转动时发出的声响,年便越来越近了。

父母相继过世后,我最想得到的物品是那台缝纫机。母亲生前不止一次对我说过,"这台缝纫机跟你一般儿大,是你出生那年买的。"母亲说,这是家里当时最值钱的东西,每次搬家都会提心吊胆的,生怕磕了碰了。

母亲的话我能理解。我们家是修铁路的,铁路修到哪儿,家就搬到哪儿。千里铁道线成了我们流动的家。搬家的时候,两口硕大的木箱子就够用了,把所有的家当装进去,由闷罐车拉往新的地方。

我出生那年兰新铁路正往西修,经石河子、奎屯,一直到达边境城市阿拉山口。父亲单位的家属基地建在了哈密郊区,那里成了我出生的地方。之后,因修梅七线,家又搬到耀县、华县和渭南。这台缝纫机也跟着一起辗转漂泊。

母亲走后,缝纫机继续摆放在原来的位置上,上面盖着一块月白色的罩子,安静地立在窗户下面,机子跟前放着一把木椅子。记得,在华县上小学、中学时也是这样摆放的,放学回来它成了我的小书桌。

有次回渭南,忽然发现缝纫机不见了,问父亲才知道,是二姐拿她家去了,说是闲了缝缝补补做点什么。

我有点遗憾。

父母都是河北人。父亲十七岁参军投身革命。听母亲说,有一年日本鬼子进村扫荡,杀了不少乡亲,其中也包括我的爷爷。母亲说,咱们家是和日本有仇的。再后来,奶奶毅然送父亲去参军,去报仇打鬼子。

父母出来工作早,很少听他们谈论回老家的事儿。兴许是常年在外漂泊的缘故,生活上没有了那么多讲究,比如过年。

从小到大,在我的印象里,对于过年,无非是穿新衣、新鞋,吃上几顿有荤腥的食物,再就是白面馒头管饱里吃。不迎请祖先,不用走亲戚。年三十儿晚上吃顿年夜饭,初一早上穿上新衣新鞋去屋外放鞭炮,再吃点饺子,给父母拜年领上一毛钱压岁钱,接下来,感觉年差不多就过完了。

年前最忙的要数母亲。父亲忙他的工作,吃住在工地上,很少见到他的面。家里由母亲一个人操持。母亲原也是有工作的。随着孩子越来越多,没有人能搭把手帮她,于是,母亲辞了职,回家做了家属。

一年之中,母亲最忙的时候是在冬天。每到入冬,母亲在缝纫机前待的时间会越来越长,有时晚饭后,也会坐在缝纫机前忙活。她开始逐个给我们量身体:臂长多少,肩宽多少,身长多少,腰围多少……她把这些数字歪七扭八地记在一张纸片上,然后,拿上布票和钱去供销社挑选布料,回到家后,对着小纸片上的数字,开始给孩子们裁剪衣服。

那时,我就觉得我母亲可有本事了。她不识字,却把衣服裁剪得非常得体。做件衣服,往大里说,是完成一项系统工程,尤其是上衣。各种复杂的比例关系和程序,包括做领子、剪袖子、掏口袋、剜扣眼、锁衣边等复杂的活儿,这些她都能记在心里,不慌不忙地完成。除了做衣服,母亲还要在夜深人静时,在昏暗的灯光下纳鞋底子,再抽空熬糨糊贴布板,剪鞋帮。她要张罗着给孩子们各预备一双过年穿的黑条绒新棉鞋。

从我记事起,年就是这样周而复始进行的。随着一件件新衣、一双双新鞋在三十晚上摆在每个孩子的床前,母亲才会在爆竹声中露出欣慰的笑脸。年,于孩子而言,是一个盼头;于父母则是一种艰辛和惆怅。

岁月如梭。转眼间,母亲走了快三十年了。那台缝纫机也多年未见,不知它现在的命运如何。然而,那久远的"噔噔噔"的声音却会定时响起。那是母亲想我了。

2022/2

父亲节的礼物

午休时，手机响了，迷迷糊糊扫了一眼，见是媳妇打来的。待另一只手刚抬起来准备滑开时，铃声断了。打开手机，准备回拨过去，却看到微信里有媳妇的语音留言。她说，她跟孩子在商场，正在给我选衣服，已经发了照片给我，"看看喜欢哪件？"我这才注意到，在留言上方还有五六张图片，是男士的衣服，有衬衫，有T恤，不同的款式和颜色。媳妇说，这是孩子的心意，你就笑纳吧。

一个多星期前，媳妇说，父亲节要到了，孩子想买一件你喜欢的东西，问我要啥。我说，算了吧，啥也别买，不缺啥。

之前，孩子也曾说过，说她今年准备把老屋卧室里的空调换了，用的时间长了，制冷不好，换台新的，这样能让我中午休息好。的确，那台空调是有些年头了，是她上小学一年级时买的。分体式、变频，还是个大牌子，花了将近八千元，是当时家里最值钱的东西。之所以没有买更便宜的台式空调,是怕声音吵,影响到孩子晚上睡眠。我没有接受换空调的提议,我说,凑合着能用,况且,于我而言,这台空调还有许多故事。

连着几年了,每到这个时候都会收到孩子的礼物。记得,最早的是二〇一四年。那年夏天,我才进家门,她把一件衬衫递给我,说是送给我的礼物,并祝我父亲节快乐。我一愣,心想,还有这么个节日?

或许是与季节有关。这几年,收到的礼物多是T恤、衬衫,有时是一件,有时是两件。每年有新T恤穿,我嘴上不说啥,心里还是乐滋滋的。

我给媳妇留言,好着呢,哪件都行,谢谢啦。

放下电话睡意也消了。忽然对节日产生了兴趣。上百度查,顺便也查了中国的节日和其他一些国家的节日。我发现一个共同点,各国的节日虽然不尽相同,但都不少,很丰富,同时,也很重视过节。无论传统的、宗教的、纪念的,还是法定的,过节时,或会有假期,或者会有相关的活动,仪式感强,特别注重让人们在节日中感受生活的美好。说得直白点,节日实际上是一个国家文化的重要载体,也是文化的象征和软实力的体现。

节日的出现与变迁总是与人类文明进步紧密相关。农耕社会，生产力低下，物资匮乏，人们在艰苦的劳作后，仍然不能满足生存的需要，于是祭拜天地，祭祀祖先，祈求风调雨顺，期盼五谷丰登。吃，成了最迫切的事情。因此，农耕文明中，与食物有关的节日就多。同样，人类进入工业文明后，精神生活成了问题，由此，应运而生了许多不同于传统节日的新节日，有的甚至还带着点诙谐幽默，比如愚人节等。

近代社会，东西文明相互碰撞，交互影响，古老的东方饮食文化对西方社会有着巨大的吸引力，而西方的节日文化却也铺天盖地影响着东方社会的年轻一代。我想，生活在不同社会里的人，追求美好生活的愿望是相通的。既如此，过土节、过洋节都是无所谓的，只要快乐地生活就好。

傍晚回到家，见到礼物，却没有见到孩子。媳妇说，她有事儿出去了，说后天陪你过节。后天是夏至，与父亲节撞到了一起，那就土洋合着过吧。

2020/6

老张碎石记

院子大门落了锁,老张把保安叫醒,开了门。老张是从医院回来的,才做了碎石手术。

院子在进行老旧小区改造,材料和垃圾堆得到处都是。东西两盏昏昏黄黄的路灯,像是瞌睡人的眼睛,睡眼蒙眬。傍晚才下过雨,地上有些积水。气温不但没有降下来,反倒愈发地湿热。老张小心地往门洞走,接着一步一步地爬台阶。

老屋是单位分给老张的福利房。平时,老张住南郊媳妇那儿,遇到刮风下雨,或者有事回不去了才会住这儿。住了二十多年,有了感情,老张把它叫老屋。旁人劝老张把房子卖掉,在别处买套新的,老张舍不得,他说,在单位忙活了一辈子,就落下这套房子。这是他与单位之间唯一的联系。

老屋建于二十世纪八十年代中期。有五个门洞,层高六层,砖混结构。老张住五门洞五层,四室的房子。建成之初,房子里暖气、热水、闭路电视一应俱全，当年在周围挺扎眼。现在不行了，没有电梯，管线老化。这也是住户最闹心的两件事儿。

进了屋，老张瞧了瞧手表，已是下半夜了。老张找了个空矿泉水瓶子，拿着去卫生间排尿。医生交代，看看刚才碎石的结果。瓶子中的液体呈现出鲜红色。老张有些紧张，这哪里是尿，分明是血。好在疼痛缓解了。老张想，幸亏下午没有开车回家，否则，那场大雨非堵在路上，假如出现这种状况可就麻烦了。

遵照医嘱，老张先吃了一片消炎药，后用了一粒镇痛药，又喝了一大杯水，然后上床休息。屋子里闷得慌，老张爬起来，把落地扇打开。老张不喜欢吹空调，觉得风扇出来的风柔和。

躺在床上睡不着，老张想白天发生的事儿。

老张想不明白，日常饮食比较注意，还坚持走路散步，咋就突然得了这病呢？

令老张费解的还有小区的旧房改造。把屋顶翻修了，外立面美化了，却对住户关心的电梯、管线老化等问题视而不见。难怪有人说风凉话，说这叫"驴粪蛋工程"，外表光鲜。有人说，要采取国家拿一点、集体出一点、个人负担一点的思路解决资金问题。老张不明白，都啥时代了，还有这种夹生的点子。

老张知道,"驴粪蛋"的事儿到处都是,比如市政排水设施,傍晚,仅半个小时的大雨,网上到处是"看海"的图片和视频。下水道里的水通过井盖子往外冒。"驴粪蛋工程"说白了是做给人看的。

想着,想着,老张想到了晚上看病的事儿。觉得医院也是一样,楼盖高了大了,人却少了素养。

下雨堵车,老张给家里打招呼,说晚上住在老屋。八点多,老张感到右腹部疼痛得厉害,担心是急性阑尾炎。赶紧下楼,叫上同事去医院。当时就一个想法,去大医院,哪儿近去哪儿。

车拐进了医院。急诊外科就一个大夫,病人排了不少。老张无奈地在走廊里等候。他坐上一会儿,蹲下一会儿,或者走上几步,咋都不合适。那种疼是一种钝痛,不刺骨不扎心,而是拽着似的难受。

老张跟大夫讲了状况。医生让老张躺在床上,压了压,问疼痛的感觉,接着又让老张侧身,用手捶了几下后,问老张的感受,老张说,右侧部分疼得厉害。医生开了几项化验单、检查单。一番折腾,俩小时过去了。医生看单子,对老张说，是尿结石。同时告诉老张，医院夜间碎不了，可以去另一家联办的医院，那家医院二十四小时开业。

老张觉得不妥，便与医生商量，看是否有其他的治疗方法。先止疼，白天再来治疗。老张觉得B超室的大夫不认真，全是敷衍，像是急着要去干什么，没有检查出结石的位置和大小。老张对医院有了不信任感。急诊大夫很直接，说是打止疼针没有什么作用，必须进行碎石。俗话说，慌不择路，饥不择食。疼痛在身，患者如待宰的羔羊，只能服从。老张没敢耽搁，直奔医生介绍的医院。

值班的是个年轻女大夫，态度和蔼，而且一丝不苟，询问了以往的病史，唯独对血糖、血压和心脏问得仔细。量了血压，说还行；心率略缓了点，也行；血糖测完后，她有些犹豫了，说得多喝水，喝到憋尿为止，这样才符合碎石的要求。

说来也是邪乎，平常老张一口气可以喝完一瓶矿泉水，此时反而难以下咽，膀胱不舒服，每一口水都会加重这种不适。在空地上走圈儿，走几步喝一口，再接着走。找大夫，说："做吧，快难受死了。"大夫让老张躺下，又查验了一番，说可以了。

撩起上衣,趴在碎石机上,腹部和下体悬空。很快一个硬物顶上来,贴着小腹部不动了,然后是调整角度。碎石机旁边有个显示屏,便于大夫观察。啥是超声波碎石?老张正想着,感觉腹部被一个小锤猛地敲击了一下,接着又一下、两下、三下……这感觉像是鞋匠给鞋底子钉鞋掌,也像是抡大锤砸石头。

老张趴在那里不能动弹,身下一锤接着一锤,节奏感十足。大夫安慰老张,说要放松,想点别的事情。或许大夫的话起了作用,不多会儿老张居然打起了呼噜,他神游物外去了。

大夫推醒了老张,说结束了。老张笑笑说,不好意思,睡了,觉得不疼了。大夫说,明天还需要做一次,这是一块结石,还有另一粒,做不做看情况发展吧。

大夫开了些消炎药。取药时,老张敲了好一阵窗,工作人员迷迷糊糊地出来,一脸的不悦。

2020/7

抽"猴"的老汉

又见了抽"猴"的老汉。他正准备放"猴",一副不紧不慢的样子。

我举起手机拍照。他有所感觉,抬起头,瞄了我一眼,然后低头继续他的事情。

他抬头的瞬间,我看到了一张滑稽脸。那是一张在社火表演上常见的媒婆的脸。眉心点着一个红色的美人痣,右脸颊上也点着一个,是一个黑色的痣。头巾上戴一个用塑料花编制的花环。与上周遇见时相比更加滑稽了。

"猴"是一种玩具,学名叫陀螺,多由密实度较大的木头削成。下身呈圆锥形,上身略长些,为圆柱形。"猴"在地上旋转后,需要用鞭子不停抽打,抽打得越勤快,"猴"旋转得就越急越挺拔,一旦停止抽打,"猴"旋转的速度就慢了,直至摇头晃脑躺在地上。

打沙包,丢手绢,滚铁环,跳皮筋,包括抽"猴",这些都是早些年孩子们喜欢的活动。我上中学以前,多数傍晚是在这些活动中度过的,听到大人喊回家,才依依不舍地往回走。

现在的孩子不玩这些游戏了,他们有了更现代的玩具,如滑板、轮滑、电动独轮车、各式自行车等。这些运动好是好,但都过于自我了,少了聚众玩耍的乐趣,缺乏团队间的合作。

上次,在香积寺前的广场上看见老汉自己在抽"猴",于是便对他说,让我试一下,没想到的是,老汉拒绝了,说你掏五块钱随便让你抽,想抽多少鞭子都行。老汉说完,我才注意到广场旁边有个摊子,摊子上摆了大大小小不少的"猴",有的尺寸之大是我从未见过的。看来,这些"猴"是老汉讨生活的工具。

老汉拄着根棍儿,绕着"猴"走圈,边走边抽边嘟囔,"老汉九十三,把猴抽得欢……"再说啥就听不清了。

夕阳渐落。从寺里走出来不少游客,几个中年人见老汉在抽"猴",许是勾起了从前的记忆,或是为老汉的滑稽所吸引,呼啦啦就把场子围了,老汉来了精神头,一根长鞭在老汉手里上下翻飞,鞭子抽打在"猴"身上发出啪啪的脆响。

一个人给老汉付了钱,老汉把鞭子给了那人,自己乐呵呵地给大家表演起节目来。

我忽然冒出两个感觉。一个是，人各有各的活法，只有知足方能乐呵呵地活着，欲望与乐趣成反比。另一个是，每个人都是那旋转的"猴"，无数的鞭子在等着抽你，有乐子享受就及时享受，乐趣从不等待。

2021/3

蹬三轮车的女人

从餐馆出来,天完全黑了。华灯把商业街映照得光彩夺目。与来时相比,街道上清静了许多。商业街是当地人常逛的地方,而老街则是属于游客的。

我们立在餐馆门前查线路,想去黎阳老街转转。这时,只见一个中年女人朝我们走来。到了跟前才看清楚,是前天晚上送我们回客栈的那个蹬三轮车的女人。

"要送你们回去吗?"她笑着问。

"是你呀,又见面了。"我也笑着作答。同时,心里在想,都这么晚了,她还在等活儿,真是够辛苦的。

前天晚上,也是这个地方,时间比现在略早点儿,吃罢饭往马路边上走,准备回客栈休息。这是我们到屯溪的第一天,走了不少的路,挺累的。

从路边三轮车上下来一个五十上下的女人,

她迎上来,问我们要不要坐车。我说想打出租车。她说,出租车要等很长时间。她问了我们要去的位置,然后说,给个出租车的起步价就行。

我有些犹豫。打小受的教育,对下苦的人充满了阶级感情。她蹬车,我坐车,这样的行为接受不了,感觉自己是个剥削分子,像个作威作福的老爷。

媳妇看出我的心思,她说,坐吧,累了一天了,外面挺冷的。

我们住的客栈离这儿不远,估计也就一两公里,来的时候就是走着来的。饭后,走路回去正好可以消消食。只是太累了,实在是不想走了。

那天,我坐在后座上着实有些不安,假如蹬三轮车的是个男的也倒罢了。

骑行没有多远,我便冲着她的背影说:"咱们俩换换,你坐上来,我来骑。"她头也没回,放大了声调说,不可以。

穿过热闹的街区后,四周灯光渐渐暗了下来,路上行人稀少。汽车灯闪烁过后,路灯在寂静的夜里显得有点昏暗。我把上衣拉链往上拉了拉。

看着妇人用力骑行的样子,我忽然多了份好奇。

"你多大年纪啦?"

"你猜。"

"五十?"

"我比你大。"

"咋可能!"

"五十六啦。"

"属龙?"

"属蛇,虚了一岁。"

当她说出她年龄的时候,我吃惊不小。这个岁数的大妈,正是含饴弄孙享受生活的时候,或是早晚跳跳广场舞,或是天南地北地闲转,怎么会下这样的苦力呢?我愈发好奇,甚至开始猜测她的身世、她的家庭情况。

"这个岁数了,咋不在家休息呢,还下这么大的苦?"

"不苦,习惯了。"

"家里就你一个人吗?"

"也算是吧。"

"这咋说?"

"儿子、女儿和孩子爸爸都在杭州打工,我们这里没有什么工业。平常家里就我一个。"

"那你可以休息,或者干点别的事情嘛。"

"在餐馆干过,上了年纪不适应了。这车以

前是孩他爸骑的，早些年，汽车电动车少的时候，生意还可以，一个月能挣个三四千元，现在很少有人坐了，一天拉不了几个钱，好的时候能落下几个，不好的时候够个饭钱。"

"你是这里人吗？"

"是呀。"

"这儿的房价贵吧？"

"要一万五六啦。"

"你得有几套房子，三四套吧？"

"就两套，面积都不太大。"

"这么说，你也是个富婆喽。"

听我这么一说，她哈哈大笑起来。

"哪里是富婆哦，够吃够喝罢了。"

"为什么晚上还出来拉活儿？"

"在家闲着没事，蹬几趟，就当是锻炼身体。"

"我刚才看见，还有几个女的在三轮车旁等客人，她们看上去年龄也不小了。"

"她们小我几岁。"

快到客栈的时候，我让她把车停在路边，我说，我们过马路走几步就到了。她固执地坚持要把我们送到客栈门口，为此又多绕了一个红绿灯。下车后，我多给了几元钱，她推辞了几次才收下。我说，回头见。

真是"一语成谶",仅隔了一晚我们又碰面了,算是有缘吧。

"不回客栈,去黎阳老街那儿转转。"我对她说。

"那儿有点远,还有两个上坡,给三十元吧。"

我估摸了一下,假如打的,连一半的钱都用不了,骑行过去是要费些体力的。

她见我爽快答应了,露出欣喜的笑脸。路上我们谝得更多了。她说,她回去吃了晚饭才出来,她说她真有运气,又遇见了好人。我问她,"一天光是吃饭能花多少钱?"她说她吃得简单,一天就二十几块。

她说她没有出过远门,只去杭州看过孩子,西安没有去过,估计这辈子也难去了。

过桥上坡的时候,我要下来帮着推一把,或者减轻点重量,她拒绝了。她咬着牙,坚持蹬了上去。我替她捏了把汗。

我多给了她五元钱,表示是对她坚强不息的奖励。这次,她也没有推辞。

正要转身离开,她又叫住我。她瞥了一眼不远处几辆待客的电动三轮车,然后,神秘地说,回去晚了就坐出租车,千万不要坐电动三轮车,他们没有执照,容易出事,也没保险。出租车和我们都是办了证的。我笑了笑,表示感谢。

看着她骑行远去的身影,我对媳妇说:"这就是徽州女人,善良,乐观,精明,能吃苦。"

2020/12

我是老文青

半个月前,陈长吟老师发来信息,大致是说,红孩的新作《红孩谈散文》首发式准备在西安举行,他让我做个准备,在仪式上发个言。

红孩是中国散文学会的常务副会长,是散文名家、大家;陈长吟老师是西北大学现代学院文学院院长、教授,同时也是陕西散文学会会长,著名的文化学者。让我在这样的场合发言我有些突然,也有些忐忑。我不是这方面的行家,心里没底,于是回话想推托掉。长吟老师较为坚持,认为我能行,并讲了些鼓励的话。见躲不过去,我只好遵命。

谈散文,我是没资格的。于我而言,写作不过是工余时间的心情抒发,全当是心情散步。至于写什么题材、啥时间写,全凭一时兴起,没有任何压力。生活中的喜怒哀乐、悲忧恐惊,无论是眼睛看到的、耳朵听到的,还是亲身经历的,这些都可能成为我书写的素材,我通过笔尖把对它们的所思所悟抒发出去，有感而发，写出来，给生活做个记录。至于那些写作理论，我没有受过这方面的专业训练，阅读此类的书籍也不多。我把自己的这种写作状态称为"跟着感觉走"。

前些日子，我曾工作过的单位的几个老同事聚在了一起，这次见面，他们送了我一个称谓，称呼我"老文青"。"文青"是有特定含义的词语，是二十世纪八十年代文学青年的代称。在"文青"前面再加上一个"老"字，有调侃的味道。初听，有些挂不住，回话给他们，我说："瞎谝啥呢，我不过是写着玩儿，我与'文青'连边儿都沾不上。"事情过后，仔细想了想，他们叫我"老文青"似乎也没有什么不妥。

我一直认为，做好本职工作是职责，拿俸禄干正事，不能里外不分，主次不分。除此，工作之外的生活也可以过得丰富些、乐和些，这对各方面都有益。人常言，有乐趣的生活使人不老。站在这个角度想，"老文青"这个称谓就不是调侃的话了，反而是一种肯定，是对生活态度的一种认可。人，在不同的年龄阶段，总要换一种方式去开始，老话叫换个活法。老，是外在，是岁月使然留下的痕迹；"文青"，是内心，说明我心态依然年轻。如此理解，"老文青"这个称谓我还是蛮喜欢的。

　　学习是人的基本自觉。既然准备开始新的生活，学习一定是少不了的。读书是学习，行走是学习，交流还是学习。从某种程度说，能有一个场合发发言，把自己的想法说出来是一种难得的学习机会。学习是没有一定之规的，处处留心皆学问。登台发言是给了我一次难得的学习机会，何乐而不为呢！我接受了长吟先生的任务，因为我是"老文青"。

2018/10

铁轨上的故乡

这些年，随着岁月的逝去，故乡这个词在我的思绪里愈加频繁地出现。我在寻找我的故乡。当我沿着时间的顺序追溯时，竟然发现，我的故乡是与两根平行的铁轨紧密连在一起的，那两根伸向天边的铁轨仿佛是通往故乡的天梯。我踏着枕木找寻，我看见了我青年时求学的影子，少年时顽皮的样子，还看到了我苦难的童年。

修兰新线时，我生在了新疆哈密，具体地点记不住了。那是一九六三年的八月份。三岁时的那年夏天，外面的大街上正热火朝天闹得欢，而我则是以另一种方式投入了进去，我不慎跌入了开水盆中。万幸的是没有给烫熟了，变成一盆肉汤。更加万幸的是我不仅保住了小命，而且没有给脸上留下任何痕迹，双臂和胸前被烫成了凹凸不平的地形图，假如毁了容，生活又该是什么样子呢？记得上小学时，语文书里有篇课文叫《贫农张大爷》，每当有同学笑话我手臂上的伤疤时，我便大声背诵这篇课文:"贫农张大爷,右手有块疤,大爷告诉你,这是仇恨疤,过去年纪小,干活地主家……"久了,也就没人提起了。五岁时,由于社会上闹得厉害,要抓"走资本主义道路的当权派",父亲躲藏了起来,很长时间没有回家,单位也停发了父亲的工资,家里一下子失去了生活来源。日子窘迫得没办法,不得已全家投奔了河北农村老家,以解决温饱问题。

离开哈密快五十年了,许多事情依稀还有些印象。由于担心武斗的爆炸声把家里的玻璃震碎了,我们把铁勺架在火上熬糨糊,把哥哥姐姐的作业本撕成两厘米左右的小纸条,在玻璃上粘"米"字。我还记得,"造反派"常来家里找父亲,样子凶凶的。我常会拎个破竹篮子跟在大孩子屁股后头去机务段捡煤核。我还记得妈妈常常满面愁容地一手抱着弟弟,一手领着我去单位找领导,哀求他们能把爸爸的工资给发了。我还记得许多,特别是全家坐火车回老家时发生在车厢里的场景,三天四晚上,艰难的日子至今难以忘怀。在哈密生活的六年里,最高兴的事儿,莫过于去机务段捡煤核,当火车头卸完炉渣后,我们会用小铁耙子刨出一个坑,把随身带来的洋芋埋进去,做个记号,过一会儿,把洋芋再刨出来,剥开皮时飘出的那股清香,顿时会让我开心得笑起来。

回到老家后才认识了奶奶,认识了叔叔一家,以及大姑二姑。二姨、四姨和姥姥舅舅家的人也是那时认识的。爷爷和姥爷已经过世多年了。奶奶说,爷爷死在了日本鬼子扫荡的刺刀下,她就在跟前,样子挺惨的。

贫穷的日子很快冲淡了见面时的欢愉,一家人又开始为生计奔走。父亲和大哥没待多长时间就走了,母亲带着我们几个年龄小的留了下来。打猪草、拾粪成了我常干的活儿。有一天,打完猪草回来,正在院子里玩儿,一伙人气冲冲地进了院门,我赶紧进屋喊大人,还没等我说出话来,这伙人竟然不管不顾进了屋子,指着母亲说:"你们胆敢破坏农业生产!"母亲愣了一下,不明白是怎么回事儿。其中一个说,有人看见我把生产队的苞谷苗拔了。我听后吓了一跳,难道我打的猪草是苞谷苗?我给母亲说,我不认识苞谷苗,早上出去,看见一大片草地,就拔了一筐。母亲望着我,又好气又好笑,赶忙对这伙人解释。这些人说我们是"黑人黑户",要撵我们离开这里。离开这里,我们又能去哪儿呢?后来,叔叔来了,赔礼道歉,赔了点钱算是过去了。那句"黑人黑户"给我留下了极深的印象。

春节过后,母亲带着弟弟和哥哥姐姐们也走了,说是去陕西,留我一个人跟着奶奶和大嫂在农村。这一年,我已经到了上学的年龄。村子里的小学十分简陋,几间土房子,教室里有几排用砖头砌的台子,四周用泥巴糊起来,上学时需要自己带个小板凳。我没有课本,与旁边的学生合用一本课本。我十分不习惯,上了不到俩月就不去了。那年,我学会了用细铁丝编笊篱,那是生产队搞的副业,大嫂领回十几把铁丝,我跟着她学,没过多久我也可以独立编了。编一个笊篱记一个工分,一天下来,我居然也能挣两三个工分了。现在我还记得编笊篱的手艺。

一九七一年的春天,父亲把我从老家接了出来。耀县塔坡下的那孔窑洞便成了我的新家,一家人挤在一孔窑洞里。从那以后,我再没有回过老家,直到考上大学那年,全家第二次回去看奶奶。后来我才知道,父亲所在的单位由新疆哈密搬到了耀县,来这里是为了修"梅七"铁路。再后来随着父亲在铁路上工作的变动,我们也跟着从耀县到华县,再到渭南。从我记事时起,就看见家里有两个大木箱子,一说搬家,所有的棉被和衣服装一个箱子,锅碗瓢盆和其他的杂物装一个箱子，小的物件随身带，说走就能走。那时，铁道线就是我们的家。世界上有一个吉卜赛族，到处流浪。想想，铁路家属的生活与他们又相差多少？

大学毕业后，我留在了西安工作，按照父亲的说法，是留在了地方上。地方、中央，铁路人往往把自己看得比较高大，计划经济年代，干铁路的人有股子优越感。

每次回渭南去看望父亲，总觉得自己还是铁路上的，因为家是铁路上的，自己起码也算是铁路子弟。大前年，父亲走了。虽然我有了属于自己意义上的家，却永远失去了铁路上的家，如同失去了故乡的人，有种空落落的感觉。

近读周作人的作品，有句话使我印象深刻，他说："我的故乡不止一个，凡我住过的地方都是故乡。"对呀，家是流动着的，家在哪里，哪里便是故乡。铁路曾经是我的故乡，现在西安也成了我的故乡。

2019/8

第三辑：人间有味是清欢

细雨斜风作晓寒，淡烟疏柳媚晴滩。入淮清洛渐漫漫。
雪沫乳花浮午盏，蓼茸蒿笋试春盘。人间有味是清欢。

——苏轼《浣溪沙·细雨斜风作晓寒》

吃，永远是人的第一需求，是刚需。在告别了饿肚子的年代后，吃成了人们最为简单而又从心所欲的事情，这时候，吃得讲究一点、营养一点、丰富一点是再正常不过的事情了。然而，当每日面对这些供养我们身体的食物时，人们是否会想起四个字：饮和食德。

金桥豆腐饺子

玉祥门里路北，由西向东一字儿排开共有三条南北向道路，西北一路、西北二路和西北三路。三条路都不长，也就三四百米的样子，最东边，也是最长的是西北三路，从这里出尚武门，直通环城北路。西北二路是其中最短最窄的一条，不仅如此，还曲里拐弯儿的，至今不通公交车。不熟悉这片的人，走到这里通常会驻足不前，会犹豫，问清后才敢前进。西北二路在我眼里，只能称作巷子、胡同，叫作路似乎勉强了点。早年间，它最窄的地儿仅能容一辆三轮车通过，直到二〇〇五年，随着背街小巷改造才把这条路给彻底拓宽了。

西北二路中间地段儿有家酒店，叫金桥酒店。这家酒店卖一种饺子，叫豆腐饺子。豆腐饺子，顾名思义是用豆腐馅儿做的。吃过用韭菜、粉条和豆腐拌馅儿包的包子，吃过许多用豆腐做原料的菜，如小葱拌豆腐、麻婆豆腐，等等，不胜枚举。豆腐饺子比较少见,在关中地区没听说过。

中国人用豆腐做菜的历史长了去了。有史料记载,说豆腐是汉孝文帝时期淮南王刘安发明的,算一算,距今有两千多年了。

早先,人们把黄豆浸在水里,待黄豆泡涨变软后用石磨研成豆浆,然后滤去豆渣,用火煮开,这时候,一锅热气腾腾、营养丰富的豆浆便成了。我估计淮南王刘安是个吃货,用当下的话讲,是个美食家,老饕。他不仅会吃,还喜欢做,爱捣鼓。一天,他把卤水倒进了滚烫的豆浆锅里,发愣的工夫,豆浆发生了变化,原本聚不到一块儿的蛋白质粉浆借助卤水拥在了一起,形成了豆腐脑,他将豆腐脑包裹在纱布中放到模子里挤压,一段时间后,居然做成了豆腐。切上一小块,放在鼻子底下闻闻,豆香直入脾胃。可以想象,此时的淮南王是多么兴奋,吩咐厨子:去剥两根小葱来,拌着吃;架锅、添油,把豆腐切块、文火细煎,蘸汁儿吃。豆腐的香气随着风飘入了民间。

豆腐一经问世便大受欢迎。作家林海音写过一篇文章,叫作《豆腐颂》。文中说:"有中国人的地方就有豆腐。做汤做菜,配荤配素,无不适宜。苦辣酸甜,随意所欲。它洁白,是视觉上的美;它柔软,是触觉上的美;它淡香,是味觉上的美。"

在我看来，豆腐能如此受到众人的喜欢，有这么几点：一是价钱便宜，一斤豆腐花不了几个钱，吃得起；二是吃法多样，煎炸煮炖都行，冷热都能吃，老少皆宜，适合各种口味的人群；三是营养丰富，据说，豆腐里含的脂肪、蛋白质大概是猪肉的一半。有句俗语说，有钱人家吃肉，没钱人家吃豆腐。记得，咱们国家困难时期，猪肉得凭票供应，一个人一个月半斤。人如果长期缺少脂肪和蛋白质会营养不良，没法子，只能用豆腐代替。隐约记得，在一些地方，曾经给每家每户发过豆腐票，政府里面还设有专门的机构，叫作豆腐供应办公室，简称豆腐办。可见，豆腐在百姓生活中的重要性。

我正是由豆腐饺子认识了这家酒店的经理。经理姓穆，别人喜欢喊他穆经理，或者穆总，我则习惯叫他名字，或者叫小穆。生活中大的喊小的，老的叫少的，直呼其名，显得亲切。小穆也不小了，五十上下，中等身材，不胖不瘦，国字脸，说话时总是和颜悦色，笑眯眯的。

有次与朋友在酒店小聚，用完餐后大家感到吃得不错，特别是豆腐饺子不错，有特点，加上喝了点酒，都显得有些兴奋，嚷嚷着说，这地方挺好，今后吃饭还放这地儿。朋友走后，我找小穆聊天，我说，豆腐饺子不错，朋友们赞不绝口，说说，咋想起包豆腐饺子的。小穆笑笑，难为情地说，这是偷学来的，这里面还有一段故事。接着，他向我描述了故事梗概。

他说，前几年，他和几个朋友去陕南看油菜花，有一晚宿在了石泉老城。早上起来大伙儿在街上溜达，想找一种有风味又喜欢吃的早点。出来几天了，天天米皮，想换个口味。包子、稀饭，不想吃；油条、豆浆，没胃口；油炸菜合子又腻得很。走着走着，看见不远处一家店门前坐着一老一少，俩人正端着碗在吃饭。过去一瞧，吃的是饺子，一股特别的香味直往鼻子里钻。舒服不过倒着，好吃不过饺子。大家立刻有了想吃碗饺子的心思。"这是啥馅儿的饺子？"一个朋友问道。还没等爷儿俩回答，门里头传出了一个女人的声音，"豆腐馅儿的。"大伙儿往屋里探望，只见一个年轻女人正在案板前包饺子。"妈妈，吃完了，还要。"我们才跨进门，小孩子的声音又从背后传进屋里。"不急，马上给你下。"那女人没来得及招呼他们便下饺子去了。等她再回到案板前，他们说明了来意，希望能尝尝豆腐饺子的味道。她有些为难，她说，这是给自家人准备的，不是卖的。大伙儿说，就尝尝味儿，给钱的。那女人倒也爽快："好，给你们下一碗，不收钱。"大家都是第一次吃豆腐饺子，一人四五个，很快就见了碗底儿。不吃难受，吃了更难受，关键是没有吃够。那次陕南观赏油菜花之行，豆腐饺子成了最大的收获。

"再后来呢？"我追问。小穆说，酒店的饭可以分为副食和主食两大类。副食的品种比较丰富，客人可以享用的菜品较多，主食就那么几种，选择的余地少。到酒店吃饭，实际上是吃菜，吃主食成了点缀。但如果主食做得有特点，一样可以留住和吸引来客人。过去，酒店卖的素馅儿饺子是韭菜鸡蛋馅的，客人有种心理，老认为韭菜农药残留量高，不太好处理，因此，点得不多。金桥酒店有自己的经营理念，"干净舒适在金桥""绿色食品吃出健康"，吃，健康是第一位的。故此，从石泉回来后他便开始研究豆腐饺子的做法。经过反复试验，推出后受到了好评，现在已经成了店里的招牌。听着小穆的叙述，脑子里闪出一个词儿：推陈出新。学习、借鉴、创新，永远是企业立于不败之地的竞争法宝。就这点，我也要为小穆和金桥人点赞。

我想，金桥豆腐饺子成功的关键在于两点：

一是豆腐的选择,二是人性的选择。豆腐有嫩豆腐、老豆腐之分,也有水豆腐和硬豆腐之别。在这之前,豆腐可以是豆浆,还可以是豆腐脑。由豆浆,到豆腐脑,再到豆腐,不管这种变化是物理的,还是化学的,有一种特质是不会改变的,这就是颜色。白色永远是豆腐的本色。我想,金桥酒店选择适合的豆腐做原料,不正是看准了豆腐的这一特性吗?做良心菜,吃放心餐,金桥的经营理念不也正是金桥人对人性的追求?

豆腐人生,人生豆腐。清清白白,坦坦荡荡。

2019/4

包饺子

俗话说，舒服不过倒着，好吃不过饺子。饺子是大众食品，兼有化解众口难调矛盾的作用，故此人人喜爱。

包饺子是个复杂的活儿，甚至还是技术含量蛮高的活儿。和面有讲究，拌馅儿有讲究，擀皮儿有讲究。包，则是最大的讲究，没点功夫休想把馅儿包进皮里，即便勉强把馅儿包进去了，包的也不一定美观养眼。据说，外国人初吃饺子时，会面露惊讶之色，进而又是一副百思不得其解的神态，皱着眉头在想，馅儿是怎么跑到皮儿里去的呢？假使没有人给他演示一番，至死他也想不清楚。我就不明白，为啥国外有比萨、热狗，而没有饺子？估计老外都是直脑筋，想不到馅儿是可以用面包起来吃的。当然，这不过是种调侃的说法罢了。

说包饺子是个技术活儿没有错，但有一点不能忽略，包饺子说白了还是个相互合作的活儿，得靠大家一起干才能完成，尤其人多的时候。

早些年，家里兄弟姊妹们多，加上老人，一大家子围在一起吃顿饺子可是件不得了的大事儿。要早早地张罗，谁去买材料、谁来剁馅儿、谁拌馅儿、谁去擀皮儿、谁负责包，这些都是分工好了的，可谓是各尽所能。

假如一个人把包饺子的活儿全包下来自己干，想想看会发生什么现象？那还不得把人饿晕过去了，虽然这是句玩笑话，饿晕过去是不可能的，但等得人难受却是一定的。因此，包饺子表面上看是件不起眼的事儿，实则是有大学问的：比如分工协作，比如优势互补，比如和谐共处，等等。

十八世纪，英国古典经济学家亚当·斯密花费了十年时间写了本影响世界的书，名字叫《国民财富的性质和原因的研究》，简称《国富论》。这本书开篇就讲了财富的来源。他认为加强劳动分工以提高劳动生产率是增加财富的主要路径之一。其实，我们老祖宗通过包饺子这事儿早把斯密论述的问题说清楚了。

人这种生物具有两面性，注意是"两面性"，不是"两面人"。当面一套背后一套、明的暗的、白的黑的、公开的私下的、阳奉阴违等，这些是

"两面人"的特征。没有人喜欢"两面人",但每个人身上却或多或少地存有这种问题,就像有句话讲的:"人这一辈子谁还不说一两句谎话。"

人的"两面性"不是通常意义上的男女属性。这里的"两性"是指社会学范畴的两性,即公性与私性。公性是指人的归属感和善良,是与生俱来的;私性指人自私自利的一面,自私自利也是与生俱来的。善与恶,公与私,归属与独立,构成了人的"两性"。教育也好,宗教也罢,包括法律,以及相应的纪律、规章都是为了使人扬善抑恶。组织的存在和作用,一方面是使劳动生产率最大化,另一个方面是挖掘和发扬人性中的"善"。

现在吃顿饺子要简单多了,可以到饺子馆去吃,也可以到超市买速冻的回去自己煮,方便得很。但我们家还是老观念,带馅儿的东西,比如饺子、包子、菜盒子,喜欢自家包的。我们家包饺子分工明确,媳妇负责和面,我负责拌馅儿;再下来,我负责擀皮儿,媳妇负责包。孩子忙,偶尔也会搭把手。家里人口少,胃口也不大,吃顿饺子不再是多难的事了。

饺子有多种包法,归结起来主要有两种方法,一是捏,一是挤。捏出来的饺子花样多,褶子与褶子相互叠压，看上去个个都是件艺术品，女人们通常喜欢捏饺子，这符合她们心灵手巧的天性。至于挤饺子，这是大多数男人的包法，特点是比较快，两个大拇指加两个食指一挤一压就包好了，快是快了些，缺点也突出，饺子的边缘皮厚些，吃起来口感不好。媳妇对我这种包法总持有异议，我则开玩笑说，你包的饺子是坐着的，我包的是立着的，女人坐着，男人立着，男女分明，不也挺好的嘛。其实，我自己知道，我那是在强词夺理，因为我不会捏饺子。

饺子是一种很有意思的食品。包的时候费事儿，吃的时候简单。花费半天时间包饺子，吃起来用不了半小时。因此，吃饺子的时候要备有几道爽口的凉菜为好，比如炝拌莲菜、凉拌白菜心，再炸一小碟花生米，搞一盘芥末三丝……总之，菜的样数不一定多，每样量也不要大，否则会冲淡吃饺子的感觉。这时候斟上一小杯酒，吃饺子，喝酒。"饺子就酒，越喝越有。"那个舒坦劲儿，只有吃饺子的人才能体会到。

2019/12

只吃一个粽子

自小对黏性食物有种畏惧，诸如八宝饭、年糕，甚至包括在回民街卖得很火的甑糕、蜂蜜凉粽子，等等。所以如此，是心里作怪，总觉得那些东西过于黏了，吃了会把肠子黏在一起。

这实际上是不可能的，但毛病一旦养成便很难更改，至今依旧如此。加之，上了年纪的原因，脾胃虚弱，已经轻易不碰这些难消化高糖高热的食物了。不过，这些年当中，每年只有一次例外，便是端午节那天会吃下一个完整的粽子。

对于粽子，小时候，只当是一种节令食品，该吃的时候就吃。至于为什么吃，从来没有往这方面想过。即便是问父母也问不出什么，他们只有初小的水平，谈不上有什么认知。那时，家里穷，有了就吃，没了也无所谓。再后来，家里生活逐渐好了，却很少包粽子了，而是过节时从外面买几个回来。对于街道买的，还是自家包的，味道也没感觉有什么差别。有时倒是觉得买回来的更好一点，口味起码多些。

有关端午节，年轻时留的印象并不深，但有一件事情，至今难以忘怀。

那是二十世纪九十年代中后期，孩子才上小学一年级，端午那天，一早，屋外传来咚咚咚的敲门声。开门一看，是岳母挎着一只竹篮立在门外。我赶紧接过篮子放在桌上，把岳母迎了进来。媳妇不解地问："妈，这么早来有事吗？"岳母指着篮子说："给你们送粽子来了。"我掀开盖在篮子上的毛巾，里面足足有二十多个粽子，用手一摸，温温的。媳妇一看有些急了，张口道："你是咋来的？"语气中带了不悦。我忙打圆场，说先洗把脸，喝杯水，不急，坐下慢慢说。

岳母家在渭南城里，我们住在西安洒金桥附近，隔着六七十公里。一个六十多岁的老人，拎着一篮子粽子一早赶过来，辛苦不说，要是有个闪失如何是好，况且，岳母眼睛也不太好使。媳妇的担忧也是正常的。

岳母坐在沙发上，看着有些不高兴的女儿，喃喃道，她是一早坐火车来的。媳妇又问："那下了火车呢？""走着来的。"媳妇一听，心疼得眼泪都流了下来。"妈，您这是何苦呢？要是出点事，我怎么活呀？"岳母说："这不好好的嘛。就是想让你们和孙女吃上我包的粽子。"我赶紧安慰媳妇,算了,不要再说了,又扭头对岳母说,以后再有好吃的,让别人打个电话来,我回去取,千万别冒险了。我顺手拿起一个粽子,剥开粽叶吃了起来,红枣馅儿,带着竹叶清香的糯米滑入了口中。我边吃边说,你们聊着,我去市场买菜,回来做饭。

那天,我把岳母送上了火车,千叮咛万嘱咐,要她今后千万别一个人来,要来就让人陪着来。岳母点点头,嘴里说着:"回去吧,回去吧。"

岳母已经故去许多年了,每到端午节时,我和媳妇都会想起若干年前的那个端午。

有一年端午,和媳妇又聊起了那件事。媳妇告诉我,说那天我出去买菜后,她问岳母:"下了火车咋不坐公交呢?"岳母说,舍不得。她听后,又气又心疼,那天多责备了几句,现在想想真有些后悔。我说,爱是做一切的动力,因为有爱,她才能凭着毅力跑这么远来送粽子,搁我很难做到。

日子过了芒种,距今年的端午不远了。还是老规矩,只吃一个粽子,以此纪念我的岳母。

2020/6

咬春

一早起来见媳妇在厨房和面。问她忙活啥呢,她说,今儿立春,要咬春,烙几张春饼。我没有再多言,收拾一下出门上班。

立春是四时八节之首,是俗说的春日。按古时的说法,立春是岁首之日,一年的起始。

咬春是北方人的讲究,是说,立春这天要吃春卷,用春饼卷上几样辛辣的小菜,比如韭菜炒鸡蛋、荠荠菜、青萝卜、小葱蘸酱及芫荽等。据说,春日吃点刺激性的食物有助于阳气上升。

近几年,对于节令养生媳妇很在意,一点不马虎。立春咬春,夏至吃面,立秋炖肉,冬至包饺子。有时,我感到麻烦,而她却乐此不疲,说是"顺时而食"对身体好,身体好了,麻烦才能少。我平时几乎一副甩手掌柜的状态,对于媳妇的讲究只能采取乐享其成的态度。

临出门,我与媳妇说,今儿错过了,中午在单位食堂吃春卷。

天微亮，路上车辆稀少，较前一向畅通了不少。学生放假了，没有了接送孩子的车，眼看着年节临近，该回家的也回去了。于外乡人而言，年意味着亲情，意味着团圆，过年就是回归。

中午单位自助餐没有安排春卷，这使我很失望。怎么把这么重要的节令疏忽了呢？

下来，细想也属正常。这些天最忙的要数厨师了，一天到晚忙忙碌碌，如陀螺般一刻停不下来，早把日子过迷糊了。

生活中常有这样的状况。有的人常立志，没过多久便忘记了；有的人马大哈，对生活中重要的日子也会忽视，比如结婚纪念日、父母生日等；还有的人只记得自己，而旁的一切与己无关。

人常说，寒冬已至，春天不再遥远。但当春天来的时候，有时竟然有些麻木。

说到春日，便忆起那些有关惜时的古训。《增广贤文》中说：一年之计在于春，一日之计在于晨，一家之计在于和，一生之计在于勤。唐末诗人王贞白说："读书不觉已春深，一寸光阴一寸金；不是道人来引笑，周情孔思正追寻。"时光如白驹过隙，若不惜时，将昏噩终了。时间是最经不起挥霍的，也是最容易被浪费的。从这一点说，春日"咬春"的习俗是有寓意的。咬住春天，珍惜时间，不虚度光阴，做有意义的事情。

说来，先人们总结出来的二十四节气便是很好的惜时方法。立春之后便是雨水，接着是惊蛰、春分、清明、谷雨……一年四季，每季六个节气，每月两个节气，差不多每两周一个节气。从这个角度看，假如给自己定一个计划，按节气来衡量计划的完成情况，这样不仅把春"咬"住了，也把时间"咬"住了，惜时如金便也不是多么难的事情。

非常喜欢南宋朱熹的一首诗《春日》。"胜日寻芳泗水滨，无边光景一时新。等闲识得东风面，万紫千红总是春。"春天总是给人以憧憬和期待，但是再美好一切都得落实到行动上。

2021/2

消失的味道

早些年,小巷周边散布着许多小吃店。门脸不大。小的几个、十几个平方米;极个别炒菜馆要大点,也就百十平方米。小店多,可选择的吃的也多。三四百米范围内饺子、面条、小火锅、螺蛳粉、胡辣汤、羊肉泡、凉皮、肉夹馍、油泼面、砂锅米线、包子、锅贴、油条、甑糕、牛肉饼、煎饼果子,包括烤肉、牛肉拉面,等等,啥都有卖的,各家味道都不错。

小巷四周以居民区为主,有几家公家单位散落其中。因此,小店顾客多为附近的住家户和上班族,客源单一,且较为固定。清早,卖油条豆浆、豆腐脑、煎饼果子、胡辣汤、油茶包子的店铺比较忙。上学的孩子,上班的男女,晨练的老人,常会在小店里驻足解决早餐问题。到了中午,三三两两的成人就出来了,他们多是附近单位的上班族,是出来觅食的。有时候,我也这样,出来换换口味。我在这里生活工作快三十年了,几乎吃遍了这些小店。

药王洞附近老吴家的渭南包子还行，但口感也有不稳定的时候。我几次提醒老吴，说是弄就好好地弄，不要一会儿调料味重，一会儿又放轻了。去药王洞，多数时候不为吃老吴的包子，而是去喝一碗油茶。喝油茶时，我喜欢泡麻花吃，味道好，也有嚼头。油茶铺子开有二十年了。开在屋檐下一个仅有两平方米的小棚子里，像个流动摊点。一个蜂窝煤炉子，上面架一个面盆，面盆里泡着麻花，一把装着油茶的大铜壶。卖油茶的是个中年妇女，个子不高，听口音不像是陕西人。七点前后，她在房檐旁的空地上支几张小桌子，四邻八舍的人就陆续来了。九点左右收摊，然后她回去再干些别的营生。去年的某天，去喝油茶，却不见了摊子。又去了几次，都没有开张。问老吴，老吴说："给整顿咧。"

说起来，巷子中间的三明面馆的油泼辣子biang biang 面不错，口感筋道，常有人开着车来吃。我常去吃，还为此写了文章。发现美食，并把它们传播出去，使更多的人获得同样的享受，这才是个吃货。三明面馆的面，无论扯面还是棍棍面，面香味儿十足。三明面馆搬过两次家，搬到哪儿，食客就追到哪儿。这次他搬回老家了，不干了。房租重,来人少,王三明说他撑不住了。

周五中午,几个同事相约去吃面。我说,咥"任记大块牛肉面"去。小任家的牛肉面说不上是哪个地方的做法,像是独创的。面条入口顺溜,满嘴留香,是一种混合的香味。这香味来自里面的四样拌菜,秘密估计也就在这里。四样拌菜包括,一小勺油泼辣子,十几粒卤牛肉块儿,一勺鸡蛋炒西红柿,一大勺莲花白土豆红萝卜烧在一起的一个菜。我们到得有点晚,十二点过了。就这,一进门,还有许多客人在等。我与小任两口是吃出来的关系。我开玩笑:"任总,生意好,恭喜发财。"小任咧咧嘴,笑着说,谢谢哥。吃完面,每人又喝了碗面汤。两小三大,一人又加了一个卤蛋,拢共收了九十一元。是多呀少呀,还真不知道,就是感觉钱挺不禁花的。

出了门,几个人朝西走,去城墙根下的公园散步。没走多远,见到了翠花饺子。见饺子馆大门上锁,窗子上贴着一张告示。我心想,这老曲还在休息啊。老曲是翠花饺子馆的老板。一周前,有了想吃饺子的念头,于是径直去了翠花饺子馆。到了跟前,见橱窗上贴了张白纸,上面写着:休假十天。我想,老曲把钱挣够了,出去浪去了。橱窗上告示还在,内容变了,就俩字,转让。有点诧异和失望。又少了一家喜欢的小店。我曾经对他人、对老曲都说过,这是我吃过的最好的饺子馆。

散步,散得不安心。心里默默数了一下,这两年,关门的小吃店还真不少。就拿我喜欢的来说,巷子北口的豆花泡馍不见了。有次,与监狱局的老郭说起,我俩都有同感,觉得少了一个吃早餐的好去处。西北三路那家牛羊肉泡馍馆去年时也歇了业,再不开张了。油茶铺子的事儿更不用提了。

出现这样的状况原因很多。豆花泡馍的老板曾说,街道是漂亮了,烟火气却不见了。前几日,碰见个在公家单位里上班的熟人,他说,单位办了食堂,伙食真不错,交的钱也不多,现在基本上不在外面吃饭了。客源少了,加上房费上涨,小店的生意越来越难了。

有啥办法呢,都是疫情闹的。

2021/11

夹馍

有人说，给山东人一张煎饼，他能把世界都卷进去。这话许是夸张了点，但要说山东煎饼都能卷啥，那就不好说了，反正不只是大葱。

早几年去山东游玩，友人说，带你去青州转转。我问："有啥好玩的吗？"友人说，青州是座古城，值得一游，还有道美味尝尝。古城暂且不表，美味倒是领教了。这道美食依旧离不开山东煎饼，不同的是卷的东西令人称奇，刚出锅的卤大肠配新鲜的蒜薹。学友人的样子卷了一个，试着咬了一口。哇噻！口腔里瞬间充满了一种说不出的快感。卤肠的浓香与蒜薹的辛香杂糅在一起，仿佛世界上只剩下了这一种美食。一口、两口、三口……口口之间忍不住会发出"嗯"的长鼻音。香！

说起陕西的馍来，老秦人一样会拍着胸脯说：给我一个馍，我能把地球夹着给吃喽。这话当然有点吹牛了，但陕西的馍的确是啥都能夹，啥都敢夹。西府的臊子夹馍,关中的腊汁肉夹馍,回民街的腊牛肉夹馍。前两年,环城西路八家巷口有一家不大的路边店,店上一块招牌上写着:秦豫肉夹馍。每次路过都见排着长队,甚是好奇。究竟有多好吃嘛,天天如此场面。一日,路过,忍着暴晒排队。至前,发现了秘密,原来肉还是那个腊汁肉,只是在夹肉时放了些剁碎的大蒜和尖椒而已。一口咬下去也是别有风味,起码与传统的肉夹馍相比有了种怪异的味道。 还有就是在西北大学老校区的西大门靠南的路边,有一家卖鱼肉夹馍的铺子,把红烧的带鱼剁碎了夹在馍里,味道也是独特。

这几年,菜夹馍卖火了,尤其是早点铺子。把馍劈开,夹个卤鸡蛋,夹点绿辣子、炒土豆丝、红萝卜丝和海带丝等。清爽营养,边走边吃,一顿实惠的早餐便解决了。

今早,晨练莲湖。事毕,朝回民巷子里走,寻吃早点的铺子。在教场门路口,见一个小店上方悬挂着一块儿匾额,上书:花干夹馍。见后大喜,这是多年难以遇见的味道了。花干是用豆腐经过加工而成的一道食品,是西安当地的一道美食,尤其是经过卤制的花干既有肉香,又不失豆腐干原有的口感,用馍夹着吃更美味。以前街头常有卖花干夹馍的摊子,不知何因,这些年几乎看不见了。

"来个花干夹馍,再来一个卤蛋,多夹点辣子。"我说完之后,老板回问了一句:"放锅巴吗?"我有点好笑,还有夹锅巴的。伸头往里一瞧,真有一盆锅巴放在案板的最里面,旁边还有一个小碟子,里面的东西看上去像是椒盐。我心里嘟囔,夹点锅巴是个什么味呢?"放。"

2021/5

臭鳜鱼

得空去黄山旅游，有机会近距离接触徽菜。徽菜是个菜系。明清时期，随着徽商生意的兴隆而盛名远播，据说，还被列为八大菜系之首。

徽菜有多少种我不知道，也不懂得如何烹饪。我是个游客，旅游中的一大乐趣是品尝当地美食。这个我不能例外。

徽菜中，有两道菜我不陌生，一个是毛豆腐，一个是臭鳜鱼。不陌生的原因是看了《舌尖上的中国》。片子里，把这两样东西描述得让我直流口水，恨不能钻进去尝一口。

之后的某天，媳妇叫我去外面吃饭。

"吃啥呀？"

"臭鳜鱼。"

媳妇算是个老饕，不同的是有点偏食。她不喜欢肉类，却对鱼独有所爱。清蒸、红烧、干炸、醋熘、炖煮，只要是鱼都行。我与她开玩笑说女人是水做的，鱼离不开水，你离不开鱼。她说，水里没鱼，水就没有灵性了。

老话说，不是一家人不进一家门。我理解，成为一家人，关键是三观合得来：说话、娱乐和吃喝。也就是能说到一起、玩到一起、吃到一起。

半辈子了，与媳妇常有话不投机的时候，但在吃喝上倒是往往一致。

臭鳜鱼端上了桌，我却迟疑着不敢动筷子。

"吃呀，趁热。"

"咋有股子怪味，臭得很。"

"臭鳜鱼、臭鳜鱼，哪有不臭的？搁嘴里就不臭了。"

看媳妇一筷子、一筷子往嘴里送，心里有点发痒。心一横，也夹了一块小的，搁在碗里，连同米饭一起吞噬了下去。嗯……一股咸香的味道顺着舌尖飘然而出，直抵大脑，味蕾被唤醒了。

"好吃，好吃……"我连声说。

媳妇一旁笑了。

一家三口外出吃徽菜，我会点上两份臭鳜鱼，否则我就得委屈自己。

由亳州到寿县，再到屯溪，出来几天了，豆腐吃了不少，就等着吃臭鳜鱼啦。借着冬日，今晚要好好犒劳一下自己。

徽菜中，就知名度来说，臭鳜鱼排在第一位

是当之无愧的。起码在游客心目中是这样认为的,也包括我。

老街周边饭馆大多标有这道菜。有标臭鳜鱼的,有标徽州臭鳜鱼的,还有标黄山臭鳜鱼的。有些怪。臭鳜鱼就是臭鳜鱼,无须加什么标签。如同兵马俑,一说,大家就明白了,是陕西的。

"吃谁家的好呢?"我自语道。

媳妇说,由高铁站过来时,在公交上认识了一个女孩子,互加了微信,她推荐去当地人常去的一家饭馆,说是味道好,实惠,还干净,就是有点远,坐公交得两站路。

经媳妇一说,想起来时发生在公交车上的一幕。

从黄山北站出来,搭21路公交车到屯溪。半道,上来一对年轻人立在媳妇座位旁。女孩怀里抱着一个漂亮的布兜。不一会儿,布兜里露出一只小猫的头。女孩一边抚摸一边嘟囔,"乖,别闹。"旁边那位男孩帮着把布兜整理了一下。

小猫可爱,但鼻子上有点伤。媳妇问了问情况。那是只被遗弃的小猫,女孩收养了它,这是带它刚看完病往回走。

女孩与媳妇因为小猫熟悉了些。媳妇问女孩,在黄山去哪里玩儿有意思?

女孩说，景点都不错。接着她讲了她的看法。比如，如果只是看建筑，老街、宏村和徽州古城都差不多，附近不出名的古村也有不少，还不收门票，高铁附近有个篁墩镇就不错，还是朱熹的老家。景区门票都可贵。吃饭也一样，可以去当地人常去的地方，景区附近不实惠。

媳妇请她推荐一下。一旁的男孩提醒说，快到站了。女孩转过脸对他说，下一站再下。男孩不吭气了。女孩又对媳妇说，咱们加个微信，过会儿，我把信息发给您。两个年轻人下车后，我对媳妇说，这女孩太可爱了。

按着女孩的推荐，找到了那家饭馆。如她所说，实惠，干净，味道美。尤其臭鳜鱼，是我吃过的最地道的。

我指着臭鳜鱼对媳妇说："你知道臭鳜鱼为啥好吃？"媳妇摇摇头。

我说，臭鳜鱼好吃有四个原因，一是鳜鱼本身是一种很好的淡水鱼，各种做法都好吃，这叫基础好。二是臭鳜鱼要经历鲜腌的过程。活的时候宰杀，快速用盐涂抹后装入木桶，冬天放上一周，夏天放个两三天，臭鳜鱼是时间的产物。三是臭鳜鱼在腌制过程中要不断上下翻动，细致观察，融入了徽州人太多的心血和情感。四是……

我犹豫了。"说呀。"媳妇催促道。"四是，鳜鱼，未腌制之前像个纯情少女，清蒸好吃，是淡淡的鲜香；用盐腌了之后，经过时间的转化，犹如风情万种的徐娘，经历了风雨的美丽是最有味道的，是那种浓郁的咸香。"

讲完了。媳妇用怀疑的眼睛盯着我。末了，她说了句：最后一点是你编的。

出了饭馆门。媳妇说，真好，一来就碰到这么好的女孩。媳妇发微信表示感谢，女孩回复说，她也在这里吃饭呢。

天大黑。街上依旧十分热闹。这是一个新开发的商业区。恰逢周末，又是立冬，逛街的人不少。

马路边，有几辆人力三轮车在等客人。走上前，见是几个女人。其中，一位妇女拦住我，问我要不要坐车。看看她，又看看车，心里有些矛盾。媳妇说，坐吧，早点回去休息，有点冷了。

回到客栈，我对媳妇说，我发现这里没有跳大妈舞的。媳妇说，蹬三轮车的那个女人看着年龄挺大的了。

2020/11

八公山下的豆腐

为了吃一口"八公山"的豆腐而到了寿县。寿县是这次安徽之旅的第二站。

亳州至寿县,高铁一个小时。抵达寿县时已近黄昏。放下行李,直奔"通肥门"里一家以豆腐出名的餐馆。

急匆匆,一是由于豆腐的诱惑,二是因为肚子有点饿了。中午又错过了饭点儿。

寿县,古称寿春,位于淮河与淝水之间。战国时,随着楚国国力的衰减,楚王不得已迁都寿春,直至为秦国所灭。西汉时,刘邦之子刘长、孙子刘安先后被封淮南王,寿春皆为国都。令人唏嘘的是,这父子俩在位时都因谋反叛乱被杀。淮南国也随着刘安之死而废去。

淮南王刘安,留有两笔遗产。一是组织编写了《淮南子》,也称《淮南鸿烈》。该书,以老庄思想为主,兼诸子百家,阐述安邦治国的道理。刘安著书的目的意在影响当朝皇帝。虽未达到初衷，却为后世留下了一部经典之作。

刘安另一个大贡献是发明了豆腐。作家林海音编有一本关于豆腐的书，她写道："有中国人的地方就有豆腐。"豆腐和合南北西东，男女老少皆宜，不分民族种族，可荤可素，可煎炸炖煮，亦可软玉素食。因此，豆腐有"和德"之食的美誉。吃水不忘打井人。吃豆腐不能忘了刘安。

一本书，一块儿豆腐，成就了刘安的历史地位。由此看来，人的一生是干不了多少事情的，用心做好一两件事情便已是不容易的了。

这是家私人餐馆。厅堂里，正对门的方向是一间明档，靠近客人的桌板上，摆着各式已经装盘的菜肴，荤素皆有，盘盘散发着诱人的味道。明档上方有块儿牌匾，上书：豆腐宴非遗传承人。左手边是吧台，右手边是间屋子，屋里摆着几张条桌。明档旁有楼梯通向二楼。环境像是自家厨房，一进门便有种想吃的诱惑。

"哪里来的，老板？"

一个身穿厨师服、戴着高高厨师帽、脖子上围着一条红色小围巾的中年男子微笑着迎上来问我。

"西安，兵马俑的老家。"

"西安是好地方，城墙比这里大多了。"

"你去过？"

"电视里看见过。"

这家餐馆开在寿县古城墙下面马路一边，算是顺城巷吧。身处异地他乡，听人夸赞家乡心里总是暖暖的。

"看你吃点啥？我帮你介绍。"

"吃豆腐，来你家就为这。"

"来对了，我家是豆腐宴的传承人。"

说着，他用手指向墙上挂的一面镶红边的明黄色锦旗，旗子上绣着：玛瑙泉豆腐宴。

他再要开口，见五六个人走进了店门，其中一位说，张老板，我们到了。被称为张老板的厨师对我说了声，"稍等"，便笑着迎了过去，一伙人说着笑着上了楼。

一个女人从吧台过来。

"我给你点。"

"点几个豆腐菜吧。"

"白玉饺子，刘安点丹，香干蒿子秆，特色粉皮。"

她一气儿说了四个菜。我全都要了。

吃饭的工夫，张老板端来一个大托盘，托盘里有七八个碗。碗里盛有清水，里面分别是绽放的白月季花，或盛开的白菊花。他有点得意，说这是豆腐做的,一个考验雕工,一个考验刀工。我知道,他是让我看看他的手艺。我连连赞道,开眼了、开眼了。

寿县县城是一座保存完好的古城。城墙犹在,四门俱存。尤以东门、西门和北门为典型。古老的城门洞下,巨大的青石条被脚踩车磨得光溜溜的,刻下一道道深深的车痕。

出北门搭车去往八公山。八公山闻名于世不在于其形,而在于其仙。有道是,山不在高,有仙则名。这话正应和了八公山。八公山距城区大约有三公里,海拔不过二百四十多米,于秦岭而言,连小巫都算不上。

到达山脚时,太阳恰好从云层中露出温暖的笑脸。山门外广场寂静空旷,不见游人。我心里暗想,可以好好吹吹仙风,沾沾仙气儿,享受享受安静。

检票时,看保安的表情有点异样。"可以开车上去。"他对我说。我说,没有车。他把我们当成本地人了,他是奇怪我们为啥要走着上山。我问他到山顶有多远。他回答说,得三四公里。

一条缓坡迂回通向高处。说是缓坡,实际上是一条七米见宽的水泥道路。山里静极了,除了呼气声和走路声,几乎听不到任何声响。路两边是茂密的树林,密林深处黑漆漆一片,令人发瘆。路上有点担心,生怕从林子里跑出个啥东西。

行至过半,见路边一个标牌上写着:思仙台。抬头见左手路旁不远处山顶端建有一座多层的高台,高台为多边形,下大上小,逐级收缩。高台上塑有若干立像。标牌上介绍,说这里叫思仙台,是刘安炼丹修行读书研道的地方,后人多称为升仙台。

淮南八公是指为淮南王刘安编纂《淮南子》的八位仙人。他们分别是左吴、李尚、苏飞、田由、毛被、雷被、晋昌和伍被。八公教淮南王炼丹之术。

一日,刘安与仙人架起鼎开始煮药,服之,于同日升天成仙。当时盛放仙丹的器具有余渣,鸡犬舐啄后,尽得升天。由此留下"一人得道、鸡犬升天"的神话故事。

下山,祭拜了刘安墓。只是忘了带块儿豆腐来。人也好,神仙也罢,过去的总是要过去,愿他好好享受人间烟火。

景区大门外,有私家车揽活,问我,是否愿意去看看廉颇墓地。我大为惊诧。此地为何与廉颇有勾连,不得其解。没有犹豫,讨价还价后,乘车前往。

沿山下的公路行驶一段后，随即拐入一个小村。穿过村子，车便开始爬坡，仅能容纳一车宽的小道蜿蜒曲折，路两边被铁丝网拦着，里面栽种着各种果树。七绕八拐，车终于停了下来。四下张望，依旧是茂密的果园。司机领着往回走了几步，然后，半蹲下身子，说，朝那里边瞅，有块儿石碑，那就是廉颇墓。

我学他的样子，果真见到了。我跨过水渠，穿过草丛走了过去。石碑略有点模糊，"赵大将军廉颇之墓"几个红色大字倒是醒目，一看便知是新近被人漆的色。石碑下，有几个旧的空酒瓶子。周围一片绿植，看不到任何墓园的痕迹。

望着眼前荒凉的场景，心中涌出无限感慨。一代名将，襟怀坦荡，终因小人谗言，报国无门而客死他乡。自古英雄多磨难，从来纨绔少伟男。

在八公山祭拜廉颇是未曾想到的。不期而遇，是旅行中的一大乐事儿。

2020/11

饮和食德

这是家名叫"蓝蓝"的餐馆,坐落在太鲁阁景区大门外,路两边还有其他一些卖餐饮的店面。导游告诉我,午餐要在这里解决了。

坐在桌前,一个中年妇女走过来问我想吃什么,我说:拿菜谱来看看。她告诉我,没有菜单,可以去老板娘那边点菜。顺着她手指的方向,看见一个年纪稍大的妇女在屋子那头的窗口旁正忙着。我走了过去,才知道窗口里面是操作间。我问老板娘如何点菜。她问我几个人。我说:"三个人,从大陆来。"她说:"两个菜,一个汤够了。"够吗?我心里有些嘀咕。她推荐了两个菜,一个炒山猪肉,一个素炒槟榔花,还有蛤蜊汤。她说这些是她们店里的招牌菜。

上菜的间隙,我四下打量了一下,就餐的游客不少,七八张不大的圆桌旁都坐了人,大家在用心地吃饭,几乎听不到高声交谈的声音。我又朝那个窗口望去,竟然发现窗口上方挂着一块牌匾，匾额上书写了四个大字：饮和食德。看着熟悉，似曾在哪里见过这几个字，一时想不起来了。

菜和汤上来了。确如老板娘所说，味道不错。山猪肉丝，香气扑鼻，入口滑嫩，素炒槟榔片，若不是特别说明，还以为是炒玉兰片呢，清脆爽口，蛤蜊汤更是鲜味十足，忍不住地要多喝上一碗。

结账时，折合成人民币花费了大概一百二三十元。我夸老板娘厉害，味道不错，价格也公道。我不解地问她，为啥只给我们推荐两道菜呢？她说，不浪费就好啦。

往台南去的路上，朋友发来微信，说是到了台南后一定要去阿霞饭店尝尝，那里的饭菜很有名的。黄昏时候到了台南市，安顿好行李，按着朋友给出的地址，七拐八拐，在一条不起眼的巷子里找到了阿霞饭店。

百度里能搜到这家饭店，介绍得还详细。据说，台湾一些腕儿级的人士到台南后都会来此吃上一顿。美食家蔡澜先生曾写过介绍它的文章。朋友是台湾人，是美食达人，闲时为米其林写介绍美食的文章。她推荐的错不了。

饭店风格很中式，抑或说很闽式，福建人在国外唐人街开的餐馆大多是这样的。看着考究的门脸,心里有些怯,该不会很贵吧!

门迎小姐问我们:有预订吗?我说没有。她说:先生,您稍候,我联系一下。她顺手给了我一本菜谱,请我们先看着,并补充了一句:我们这里平均一人消费五百元左右(新台币)。听她这么一说,我的心跳立刻正常了,合下来,一顿饭也就人民币三百多元。心里有了数。

估计是一二楼都预订出去了,门迎小姐请我们直接上三楼。三楼摆放的是大圆桌,在楼梯的右手边用屏风隔出了两张桌子。我们仨人被请入,坐了其中的一张桌子。不一会儿,大厅圆桌坐满了人,每人胸前挂着牌子,大家在窃窃地交谈,大厅保持着安静。

我告诉一位帅气的服务员,我们是从大陆来的,帮我们推荐一下菜品。小伙子耐心询问了口味,有什么偏好,或忌口的,然后说,推荐三个菜一个汤,都是招牌菜。我告诉他,我想点条斑鱼,他说,他不建议点,因为鱼有些大,吃不了的。小伙子看出我有些坚持。便拿起了个大盘子,告诉我,鱼有两个盘子这么大。如果坚持要点,他就写到菜单里。三个人相互看了看,放弃了。

那顿饭吃得很愉快,结账时,我对这位帅气的服务员说,你为什么劝我不要点鱼呢,吃饭是我的事儿。小伙子和气地说，吃不了，也带不走，会浪费的。我心里一热，与蓝蓝餐馆老板娘说的话如出一辙。我想，阿霞饭店果真名不虚传，怪不得蔡澜先生赞不绝口，不仅是菜做得好，还有这样好的服务员。

回到台北后，去逛名气极大的宁夏夜市。这里不仅游客喜欢来，本地人也喜欢来，大家都是冲着美食来的。这里云集了台湾太多的风味儿小吃。于游客而言，总是想着多尝几样，我们也是如此。牛肉面来一碗，两个人分分，蚵仔煎来一份，也分分，还有手抓饼、面线等也都是分着尝尝。与飘香牛肉面的老板聊天，讲了这样的过程，他竖起大拇指，说，这叫会吃，吃的花样多，还不浪费。

"不浪费就好啦。""吃不了，也带不走，会浪费的。""吃的花样多，还不浪费，这叫会吃。"在台湾旅行，一路上品味美食的同时，也收获了当地人对食物的认知。

记起来，在杭州胡庆余堂也见过"饮和食德"四个字。那是一副对联，挂在大堂中央。上联：饮和食德，下联：俾寿而康。蓝蓝餐馆，胡庆余堂，一个是路边的小餐馆，一个是名扬四海的百年中药店，地域不同，行业不同，竟有文化上的异曲同工之妙，可见这一切都源于对食物的敬畏和感恩。

人啊，享天地所生，不仅要顺四时，应季而食，而且要敬五谷，食之有德。如此，方能俾寿而康。

2018/7

泡茶

清明前,收到了老友送来的新茶。净净手,打开一桶,用一把小竹勺,挖了些搁在玻璃杯子里。冲泡春茶使用玻璃杯为上,随着水流,茶叶的形态变化透过杯体一览无余。

先加入少许八九十摄氏度的开水,轻摇水杯,放在鼻下闻闻,春水的气息瞬间钻入大脑、肚腑,顿生放松而愉悦。"凤凰三点头"后,端起杯,呷一口,春水的张力与饱满如同某种柔软的食物,丝滑入喉咙直抵心田,顿觉心火褪去了不少,这就是春茶的魅力。及至三泡、四泡后,茶色淡了,茶味也淡了,茶叶也该另换了。

冲泡春茶时,细看茶叶在杯中的变化,除赏心悦目之外,还会得到某种启示。

初冲泡时,茶叶在水流的冲击下,显得异常兴奋,上下翻游,飞舞欢快。之后,一些茶叶沉入了杯底,在相互簇拥中渐次舒展;一些茶叶浮在水面,吹一吹,轻呷一口,个别茶叶会滑入口中，随之被唾弃掉；一些茶叶处于杯中不上不下的状态，似乎很活跃，又似乎很犹豫，两头观望。再次冲泡时，多数茶叶舒展开来，默默地散发着各自的味道。接着再泡，茶汤变得寡淡了，至此，茶叶的作用结束了，被弃之于泥土化作肥料，开启了新的生存方式。

细细想来，茶的一生与人的一生何其相似。如果把茶叶比作人，把杯中的水比作时世，茶叶在水杯中的表现便可一目了然。那些浮在水面上的茶叶，沉入杯底的茶叶，在水杯中间的茶叶，似乎寓意人的不同时期的状态。人总有浮躁的时候，也有沉稳的时候，还有犹豫不决两头观望的时候。

同样是一杯春茶，假如换一个视角来解读，茶叶的变化，也就是人生变化的过程。年轻时欢快跳动，充满了理想，散发着朝气；中年时沉稳寡言，不再幻想，做好自己就是最好的；老年时随波逐流，一切随缘，坦然面对，淡然处之。

茶的一生是浓来淡去的一生，人的一生何不这样为好呢？

2022/4

第四辑:多情却被无情恼

花褪残红青杏小。燕子飞时,绿水人家绕。枝上柳绵吹又少。天涯何处无芳草。

墙里秋千墙外道。墙外行人,墙里佳人笑。笑渐不闻声渐悄。多情却被无情恼。

——苏轼《蝶恋花·春景》

生活是由一件件小事连接而成的。这些来自日常的小事,或许是一点小情绪,一点小确幸,一点小的偶得。高兴也罢,苦恼也罢,甚至成就也罢,皆是自心对外界的一种反映。自在独行,抱朴守拙,过有乐趣的生活是一种人生态度。

吃药记

体检单下来了，看完吓了一跳，居然成了"三高"人物。血压、血糖和血脂像是约好了，相拥着过了警戒线。大夫说，没有别的办法，只能用药控制。降压降糖降脂的药开了一堆，感觉自己成了药罐子。从此，吃药便成了每天必做的功课。

凡夫俗胎，得病是正常的，有病吃药也不是什么大不了的事情，只是这门功课完成得实在不怎么样。有完成得好的时候，也有完不成的时候。因为吃药有讲究。有的药需要在饭前吃，有的需要在饭后服用，还有的则要求在吃第一口饭时，与饭一同咀嚼咽下。完成最不好的是后一种情况。总是筷子一上手，饭就进嘴里了，把吃药的事儿忘得一干二净。多数情况是饭吃了一半才想起来吃药的事儿，这时候我会拍着脑门，边把药往嘴里送，边自言自语道，咋又忘了。

为了长记性，想了不少办法，先是把药放在显眼的地方。家里饭桌上、办公室桌面上、衣服口袋里、随身挎包里,凡是能抬眼看见,伸手够得着的地方都放上,就是这样,也还常有忘记的时候。再后来,干脆求助于他人提醒,家里求老婆孩子,单位找同事提醒。自打有了这些措施后,情况大为改观,忘记按时吃药的情况减了不少。感觉在吃药这件事情上自己像个孩子,是记吃不记打。

为吃药的事儿也没少生气。先是生自己的气,气自己忘性大;后来又怪罪生产厂家,为什么定这么个规矩,让人吃饭吃得都不安生;偶尔也会生家人的气,嫌她们不提醒我。记得,有个周末,下厨忙了一桌子饭菜,不知是忙晕了头,还是高兴得过了火,竟然又忘记了吃药,娘儿俩谁也没有提醒我。我有点不高兴,嘟囔了几句。媳妇半开玩笑半认真地说:"在家拉个横幅吧,写上'我要吃药',咋样!"她一句话把全家说乐了。我听后则是一喜。虽然是气话,却是个好主意。搞个标识,只要一拿筷子就能看见,不就省事啦。用啥做标识好呢?拉横幅只是说说而已。

一天,在家里翻腾东西,发现了件木质的小玩意儿,是个卡通形象的留言夹。基座呈鼓状,被漆成了天蓝色,高度约有两厘米,直径差不多也是这个尺寸。小鼓的中间插着一段弹簧，弹簧顶端支着一个淡黄色的留着俩小辫子的胖娃娃头。捏一下娃娃的下巴，娃娃头的上部便会张开，手松开又会合上，留言条可以夹在其中。我把留言夹放在桌子上端详了会儿，发现胖娃娃斜着头，一副俏皮的模样。看了一会儿，有了惊喜，如果把一板药片夹在上面，不就解决了标识问题！我试了试，真的不错。看来世界上就没有没用的东西，不过是没有发现适合它们发挥作用的价值罢了。自从用上了这个小东西，每逢在家吃饭，坐在饭桌前便一眼能望见那个小家伙正笑着看我，仿佛说，别忘了吃药哦。

人的健康分为两种，一种是肉体方面的，也就是身体状况。比如，感冒发烧、头痛脑热等大大小小的疾病都会影响健康。从某种意义上讲，人的一生也是同病魔不断斗争的一生。斗争的方式无外乎养生与吃药。另一种影响人健康的是人的精神层面出了状况，或者说是灵魂出了问题。随着医学的进步，肉体方面的问题终究会有办法解决。但如果一个人得了精神层面的病，恐怕就难治了。

每当想到这个问题，脑子里就会浮现出两幅画面，一个是鲁迅先生笔下的小说《药》，文中人们争着抢食蘸血馒头的场景,另一个是日本电影《追捕》中,横路敬二在精神病院被灌药的镜头。真是百思不得其解。愚昧与贪婪是隐藏在人们灵魂深处的大病。有时发现,得这种病的人还不少。这世上有治灵魂的药吗?我相信是应该有的。

2018/10

下厨记

论做饭,我是家里公认的一把手。至于其他方面就不是了。有几道菜娘儿俩百吃不厌,比如炒土豆丝,总能一扫而光。

一早拉开冰箱看了看,一个圆茄子,一个象牙白萝卜,还有一把豆角和三个西红柿。我说,我下楼去买点菜去。媳妇说,就把这几样做了,已经放了几天,再不吃就坏了。

茄子的吃法不多。上锅蒸,做成蒜泥茄子;切成丝与青椒炒,或切成小块儿做成家常茄子。想了想,做过油茄子吧,口味好,就是费点事儿。象牙白萝卜以前没有见过。一次饭局中上了一道土鸡炖萝卜,拿砂锅焖着,端上来的时候还咕嘟咕嘟冒着热气。里面的萝卜滑嫩绵软,觉得比鸡肉还有味儿,打听了一下,才知道这萝卜叫象牙白萝卜,不是我们说的青皮萝卜。后来学着做了两次,还行。据说,象牙白萝卜是从日本引进的。这种萝卜皮肉均为白色,肉质细嫩,汁多味淡,适于炖煮、腌制，没有辛辣刺激味儿。豆角炒肉丝是绝配。西红柿鸡蛋，再加点螺丝辣子一起炒也是不错的下饭菜。

一个多小时，饭菜上了桌。娘儿俩都夸味道不错，就是盐下次少放点。我说，久未下厨有点生疏了。

今天是五一国际劳动节。规定放一天假，恰好遇到周末，假期变成了三天。没承想，又把前后两个星期六挪了过来，结果，这个五一被倒腾成了五天假。一天假，毁掉了两个周末。我不愿外出，担心人挤人车挤车，活受罪，干脆在家待着，连着在家待五天也是有点多了。

说到五一，想起东大街有家叫"五一饭店"的餐厅。把劳动节与吃饭联系到一块儿恐怕只此一家吧。十几年前，单位一个员工的婚礼是在五一饭店举办的。东大街曾是西安最繁华的一条商业街道。能在五一饭店举办婚礼挺有面子的。五一饭店的大包子不错，好吃。每次路过，赶上饭点总要买两个。荤素各一个，荤的猪肉大葱，素的豆沙馅儿。东大街有几家老牌子餐馆，老孙家泡馍，西安饭庄，白云章饺子，东亚饭店，包括五一饭店。许久没有去过东大街了，不知五一饭店还在不在。

午休起来，拽着媳妇去买菜，拣了几样这些天要吃的菜，然后，买了一块儿后腿肉、两斤排骨和一条小里脊。

回到家，开始忙活。先是把里脊切成丝，用姜丝葱丝和生抽腌上，炒出来配菜；接着切一块后腿肉剁成馅儿，准备做炸酱；把排骨红烧上，再剩下的后腿肉也切成小块红烧，留着做卤肉饭。一通劳作，出来的成果居然不错，厨房飘满了香味。

晚饭炒了俩菜，一个黄豆芽炒肉丝，另一个是炒随便，用鸡蛋、木耳、西红柿、洋葱、韭黄和青椒一起炒，五味杂陈，很下饭。如果再弄点绿菜就成了"五色杂陈"了。

孩子从外面回来，我说：不是有应酬吗，咋回来啦？孩子说，还是家里的饭好吃。媳妇说：今儿是你爸的劳动节，咱家改五一餐厅了。

2021/5

观演唱会略记

我敢断定，我是现场年龄最大的观众。八点开场的演唱会，六点不到我就到了现场排队，队伍长得一眼望不到头，放眼望去，净是小姑娘和小伙子。

我在队伍里感到不自在，太不协调了，估计年轻人也会有这样的想法，或者认为，这老汉够前卫的，居然还来听"红花会"的Rap。

我是被老婆强拉来的，孩子临时有事，无奈只好顶个缺儿陪着。说实在的，我也有想来的意思，长这么大，除了早些年在剧院看过样板戏，还真没有到过演唱会现场。

我主动与旁边一位小姑娘聊了起来，我发现她手中的票上印着票价，票价居然高达一千二百八十元。我吃惊地问她："咋这么贵的票？""这是VIP票。"小姑娘用川味儿的普通话回答我。我接话说，你真舍得啊，搁我是绝不会的。小姑娘说，这阵子她特别忙，也特别累,想听听自己喜欢的歌手唱歌,算是犒劳犒劳自己。"你在西安上学?"我问她。她说,她是从成都过来的,已经工作啦。她的话又使我吃惊不小。我心里稍稍盘算了一下,她这趟下来得小三千了。我开玩笑说,观念太不相同了,换我是舍不得的。小姑娘接下来的一句话让我明白了她的消费观,她说,钱是为人服务的,有了就花,花了再挣,不能让钱左右我。我没有再说话,而是低头看了看手中的票,虽然票面上写着"非卖品",却同时也标有价格,那价格也是不小。我们的票是红花会中的一名歌手给的,他曾是老婆的学生,是他特意邀请老师来看演出的。

随着演员的出场,现场的呐喊声、尖叫声与音乐声混杂在一起,有些个闹。尤其是咚咚咚的低音炮声音,搞得人心跳加速。看来,什么年龄过什么日子是一定的,强求不得。

2019/3

垃圾桶飘移记

夜里,院子的垃圾桶旁常会出现个别拉着小拖车捡拾垃圾的老人。起初,这篇小文是想讲他们的故事,不知咋的,笔头拐了弯,写到了身旁的垃圾桶。

晚饭后,收拾完厨房,就准备下楼去扔垃圾。一旁抹桌子的媳妇见我要下楼,忙急着说:"给你说件事儿,咱家被贴了警告,如果再发生,将要被处罚。"

"啥事?为啥?"

"前天晚上我下楼去扔垃圾,竟然没有见到垃圾桶,四周也没有,我又不能拎回来,于是,随手放在了原来放垃圾桶的位置。"

"那后来呢?"

"你别急,叫我把话说完。"

我没有再接话,心里却在想,男人与女人叙事的方式看来有差别。男人是直奔结果,然后再讲过程中的重点。女人则不同,喜欢描述,先绘声绘色地讲过程，慢慢导出结果，有时候，一番描述之后，竟会忘记在讲些啥，常会跑题。

"到了第二天晚上，我又下楼去扔垃圾。依然没有见到垃圾桶。想想，或许是扔垃圾的方式变了，变成了定时收集，也不知道是不是这么回事儿。"

"后来呢？"

"后来，我又把垃圾放在那里。"媳妇停了停。我把垃圾袋放下，准备耐心听她讲完。

"今天，我从外面回来，开单元门时，发现单元大门边上贴了一张打印的告示，大意是说：×××号住户，有群众反映你乱扔垃圾，现给予警告一次，如有再次将严厉处罚。当时，我扫了一眼，没太当回事，以为是在说别人家呢，压根儿没有多想。等上了楼，竟然看见咱家门上也贴了一张。这才恍然大悟，原来是在说咱家。我没进门，赶紧下楼把单元门上那张给撕了下来。你说丢人不丢人，这群众的眼睛也太亮了吧。"

"啥亮不亮的，那么多的摄像头难道是吃素的？"我补了一句，"以后垃圾往哪儿扔呢？"

"原先放垃圾桶的地方有个很小的告示牌。上面说，垃圾投放点缩减了，要集中投放，要走到另外一栋楼的楼边去。"

"垃圾桶又飘移了。"我随口嘟囔了一句。

上次发生垃圾桶飘移的事儿是一年多前。那时候,除了楼外已有的垃圾固定投放点外,在地下车库里,每个单元门边上也放置着一个垃圾桶,方便从家直接到地库的住户投放垃圾。

过了一段时间,我发现,楼下车库的垃圾桶里的垃圾比楼外的多,时间不长就满了。溢出的垃圾,常常把地上搞得脏兮兮的,不仅如此,一到夏季,周围充斥着难闻的异味。我还发现,我住的单元门边上的那个垃圾桶经常左右变换着位置,不停地倒腾,一会儿左,一会儿右。有时,一天会变几次。观察了一阵子,终于闹明白了,原来是门两边车位上的住户在暗地里较劲,谁也不愿意自己车位边上放个垃圾桶。

有一天,垃圾桶被踢到了门口的公用走道上。又过了一段时间,车库里的垃圾桶全都不见了,一下子飘移了。至此,车库里倒是干净了许多。

听完了媳妇的叙述,起身准备下楼扔垃圾。媳妇说,她要陪着我一起去,担心我找不到垃圾桶的位置。

穿过一段绿化带,走过一栋楼,到了投放点。确实有些远了。个别垃圾桶已经满了。四周光线也不太好，分不清投放的分类。我只好把垃圾放在了桶旁。正是晚间人们散步的时间，扔垃圾的人挺多的。

往回走的路上，想起早年去过的一些国家和地区，感觉越是发达的社会，街头垃圾桶越少。有人说，垃圾桶多了，地上的垃圾就少了，如同给爱吐痰的人随时随地准备个痰盂子，对吗？

我对媳妇说：集中投放好是好，但如果不能及时清理，还不如分散投放好，起码干净些，你看地上堆的；还有，那几个又高又大的垃圾桶对老人和小孩而言，投放着实有点费力。

2020/9

观话剧《柳青》小记

得知话剧《柳青》荣获"文华"大奖的消息后,我并没有感到特别的惊喜,在我的意识里,它应该得到这个奖,这是众望所归。我为它点赞。

话剧《柳青》首次公演是去年的九月十一日。想起那天晚上的演出,许多场景至今历历在目。我清楚地记得,能容纳六百多人的剧场座无虚席,有观众甚至坐到了过道上。在长达两个半小时的演出中,几乎看不见有观众退席。每一幕结束,观众都会发自内心地报以热烈掌声,许多人边鼓掌边流泪。演出结束,观众们站立在座位前久久不愿散去,掌声不断,演员们则不停地鞠躬致谢。如此反复,直至大幕缓缓合上。

话剧《柳青》情节并不复杂,讲述的是柳青本人创作长篇小说《创业史》的那段经历。为使小说客观真实地反映农业合作化时期广大农民走社会主义道路的情况,柳青放弃了大城市优越的生活条件,辞去县委副书记职务(那时的柳青已是行政九级,属于"高干"之列),举家搬迁到长安县皇甫村,在那里一住就是十四年。十四年里,柳青把自己的情感和生命完全融进了皇甫这片土地,把自己的命运与人民的命运、国家的命运紧紧结合在一起。丰厚的生活积累,成就了文学巨著《创业史》。与此同时,为支持柳青的工作,妻子马葳和女儿小凤承受着家庭生活的艰辛与付出。

那晚回到家,大脑有些兴奋,许久不能入睡,依旧沉浸在对一些场景的回味中,尤其是舞台上柳青说的那些话总是不断地冒出来。"幸福就是一辈子能做自己想做的事,然后把灵魂安放在最适合的位置。""一切磨难都是成长的过程,只有经历了这些,人心才会变得善良,胸怀才会变得宽广,有言道:每块木头都能雕刻成佛,只要去掉多余的部分。""真正的作家必须是一个灵魂干净、精神高尚的人,是一个大写的人。"

话剧《柳青》获奖后,我翻看了一些媒体对它的相关报道、评论以及观众的反响。我发现,众多的评述归纳起来可以概括为三个字:接地气。这是一部接地气的好作品。

接地气于文艺作品而言是需要有高尚情怀的。有情怀的作品才能打动观众,感动读者。情怀来自何方？情怀绝不是坐在家里，躺在床上凭空想象出来的，是要深入生活，俯下身子真诚地融入进去，自觉自愿地与人民群众打成一片，去主动发现生活中的真、善、美，并凝练出生活的真谛。只有这样的作品才能说得上是好作品，才能经得起时间的检验。说老百姓听得懂的语言，讲百姓身边的故事。从这点出发，《创业史》无疑是这样一部作品。

作家张艳茜女士在《西安解放前后的陕西作家》一文中，对柳青有这样的描述："说到柳青，大家熟知的是他的长篇小说《创业史》，这是他在长安的皇甫村深入生活十四年后创作的。其实，早在一九四三年，柳青就曾在米脂县民丰区吕家硷乡深入生活，在这个乡工作三年，获得了宝贵而生动的生活素材，长篇小说《种谷记》就是在这里开始创作的。一九四八年十月，西安解放前夕，解放战争已进入大反攻阶段，柳青第三次深入米脂县，以著名的'沙家店战役'中一个粮店支前为题材，用八个多月的时间广泛征集生活素材，为创作长篇小说《铜墙铁壁》打下了最扎实的生活基础。"由此可见，深入生活、融入生活是柳青一贯的作风，也是他创作的源泉。高尚的情怀源于"爱"，对生活的热爱，对人民群众的热爱，对时代的热爱。离开了"爱"，生活是深入不下去的。不深入生活，或者蜻蜓点水似的走马观花，靠着凭空想象编故事是创作不出来好作品的。

成功没有偶然。话剧《柳青》取得成功，关键有两个因素：一是柳青本人身上体现出的"那么接地气、那么能够跟老百姓融入在一起"的精神和力量；二是主创团队被这种精神和力量所鼓舞，对待艺术的敬畏、尊重与匠心。话剧《柳青》从首演到获得"文华"大奖，九个月时间演出六十二场（剔除节假日，平均每隔一天演出一场），有六万余名观众走进剧场。剧组到过北京、上海、天津、南京、济南等十几座城市，行程上万公里。一位上海市民看完后，在留言册上留言："其实我也在想，什么是柳青精神，剧中有句话说得特别好，'作为一个作家，就要把大写的人写进魂里。'我很感动，两个多小时的话剧，让我更加了解了一位伟大的作家，也更加了解了他的精神。"他的话说出了很多观众的心声。文艺作品的力量就在于感染人，打动人，鼓舞人。话剧《柳青》的成功也在于此。

话剧《柳青》深受观众喜欢，引起共鸣，我总结了四点：一是，源于生活的文艺作品才是老百姓真正喜欢的，永远不要低估大众的欣赏力和鉴别力；二是，创作要跟上时代的发展，人性向善、人心向上是人的根本，浮华、娱乐的文艺只是在迎合，迎合的作品是永远不会出精品的；三是，一支忘我敬业勇于担当的演艺队伍是取得成功的关键，这些年，西安话剧院的实践充分说明了这一点，比如话剧《麻醉师》等，话剧《柳青》得到的肯定更加证明了这点；四是，一个站位高、实干创新的管理团队对于搞好工作是多么重要，有了这样的领导集体，方向不会出问题，队伍不会出问题，出成绩自然是一定的。

2019/6

记人好

人总是免不了要麻烦人的,或者受到别人的呵护,或者得到他人的扶持。在别人的呵护中成长,在他人的扶持下长大,通过麻烦别人解决自己的困难。

受人呵护与扶持是一种幸福。离开这些,人生终是要走弯路的。正如作家柳青说的:"人生的道路虽然漫长,但要紧处常常只有几步,特别是当人年轻的时候。没有一个人的生活道路是笔直的,没有岔道的,有些岔道口,譬如政治上的岔道口,个人生活上的岔道口,你走错一步,可以影响人生的一个时期,也可以影响一生。"

作为过来人,柳青给年轻人讲讲生活的经验是对的。其实,于各个年龄段的人而言,听听这段话也是一样受益。人不是所有的问题都能自己解决了的,世上不存在不麻烦人的事情。但麻烦人要懂得做人的基本底线,记人好,知恩。

父母之外,与己有关的其他人都可以算作是

别人。包括兄弟姊妹，各种亲戚，以及老师、同事、同学、战友、朋友、老乡、邻居，还有那些伸手帮助过你的陌生人。

别人一句温馨善良的提醒，一句逆耳忠言的教诲，一句苦口婆心的开导，一句不经意间的表扬，还有给予的各种关怀帮助，等等，这些都是对你的呵护与扶持。你有求于别人的事情都是麻烦。

对于别人给予的这些关心，多数人是会铭记于心的，尤其是那些雪中送炭的帮助更是终生难忘。

但事情总有例外，虽然只是少数，但却影响深远。像南京发生的彭宇案便是一例。

我身边的朋友讲过他们亲身经历的一些事情，听罢，无不感到又好笑又好气。不记人好，以后谁又愿意帮助人，这个社会，会不会因此变得冷漠起来呢？

记得，朋友讲过这样一则故事。说是二十世纪九十年代中期的某天，朋友接到了一个电话，电话里说："某某某，你能听出我是谁吗？"朋友说，就是把你烧成灰，也知道你是谁，遂叫出了对方的名字。两个人在电话里哈哈大笑。电话那头的人是朋友从小玩到大的一位发小，中学毕业后从没有联系过。

朋友的发小从南方来，说是来考察项目的。既然联系上了，况且又是多年未见的发小，吃吃喝喝的事情在所难免。那些年，流行吃烤串，打保龄球。不几日，发小说，他来的时候走得仓促，带的钱用得差不多了，问朋友，能否借给他两三千元把酒店的费用先结了，然后，他回一趟南方，回来后就把钱还上。朋友每月工资不到二百元，东凑西借地筹了三千元给了发小。

过些日子，发小从外地回来了，见面闲聊，却只字不提还钱的事儿。朋友问起，发小说，再等等嘛，急什么呀。听这口气，朋友倒像是做了亏心事，自己先脸红了。事情拖了快一年。其间，他经常邀人吃吃喝喝，还时不时拉着朋友打牌，如果是朋友输了，输的钱数就顶账。眼看借出去的钱成了银行的整存零取，朋友急了，发小这才还了一千多，过后两人再无往来，成了路人。

另一个朋友也讲过一件事，听罢使人唏嘘不已。朋友是个热心肠，平常做点生意，好结交朋友，有梁山好汉的风范。但凡有事情找到他，他都会不遗余力去帮忙，甚至比托他办事情的人还积极。用他的话讲，应人事小，误人事大。他的这份善心常被一些人利用和透支。更窝囊的是，事情过后竟然有人并不领他的情，反倒说他是自作多情。遇到类似的事情多了，朋友变得心灰意冷，再也没有了交友的兴趣。

朋友说起这些事常常带着无奈。假如帮人帮成了仇人、帮忙帮得矫情了，这忙往后还能帮吗？其实，细想想也没有必要为此生气。日常生活中，不记人好的事情常有，是个见怪不怪的常态了。现在的人，更注重眼前利益，帮忙帮了十件事，最后一件没帮成，前面的忙都白帮了。从人性的角度看，不记人好恰恰是人性本恶的表现之一。

狭义讲，"十恶不赦"中的恶是大恶，是外在的恶。从广义的角度看，嫉妒、牢骚、埋怨、厌恶、憎恨等情绪化的外在表现是内心恶的反映。介于两者之间，还有一些中恶。比如，造谣中伤，无事生非，挑拨离间，阳奉阴违，等等。人的周身，包括内心充满了恶与恶念。那些忽视别人的呵护与扶持，甚至一副满不在乎的无所谓样子，是内心缺少善良的反映。算是个小恶罢了。

不记人好，说得直白点是不懂得善良的本义。记人好，是知恩的表现，知恩才能懂得感恩，感恩才会想法去报恩。知恩图报是人稀缺的品德。

生活中,不给他人添麻烦是一种美德。如是迫不得已给别人带来了麻烦,造成了困惑,则应该感到歉意和愧疚。送上一句:对不起,给您添麻烦了。世上从来没有理直气壮麻烦人的理由,有的只是尊重。

麻烦人了,记得人好,这才是发自心底的善良。无论对谁都一样。如此,世上会多一点和谐。

2021/9

幸福与长寿

几日前,朋友过生日。席间自然少不了给寿星端上一碗"长寿面",大家在祝他生日快乐的同时,会送上一句祝福的话,更多的是希望他健康长寿。就是后面这句"健康长寿"的话,使我想起了多年以前发生的一件趣事。

记得,是单位组织去南方某地旅游,在参观一个溶洞时出了点小花絮。溶洞的入口处有两个门,一个门的门洞上写着"长寿门",另一个门的门洞上方写的是"幸福门"。导游告诉大家,进门以后走一段便又会会合在一起,余下的参观内容是一样的。导游说完,她让大家自己选愿意走哪个门。大伙儿谁跟谁也没商量,不约而同地走的是"幸福门"。只有其中的一位径直去了"长寿门"。会合在一起后,大伙儿与那位走"长寿门"的开玩笑,说他"活着不幸福,长寿也白搭"。言罢,哈哈一笑。

本来走哪个门只是旅游景点的一个噱头。走

"长寿门"的不一定不幸福,走"幸福门"的也不一定不长寿,谁也不会把这事儿当真。没料到,走"长寿门"的那位倒是认了真。一路上,他与大家辩论,是"长寿"好啊,还是"幸福"好。当然了,他是少数派,自是说不过大家。其实,谁都希望自己活得既能"长寿"又能"幸福"。

我发现,健康是长寿的前提,活得不健康,生活便没有了质量,没有质量地活着有什么意义呢?健康是幸福的使者,只有活得健康,生活才有质量,有质量的生活才是幸福的,只有幸福地生活才会使人活得长寿。

什么又是活得健康呢?以药物维持生命的生活肯定是不健康的。这是单就个体生命而言的。就社会群体而言,可以把人群分为健康人群和非健康人群,其中,健康人群占总人数的比重标志着国民的整体素质状况。健康人群占的比重大,说明社会总体幸福指数比较高,反之,即便是寿命水平提高了,也不意味着国民活得幸福。当然,这里说的以药物维持生命的生活是指患有严重的慢性病等一些随时致人以死亡的疾病,包括艾滋病、恶性肿瘤等。重大疾病无疑是健康生活的第一杀手。除此之外,社会的、环境的以及心理方面的因素也越来越成为影响健康的重要方面,比如压力感。当人们觉得生活的压力难以承受时，情绪变得焦虑，长期的焦虑直接会导致身体机能的突变。再如和谐度。包括社会和谐、家庭和睦两个方面。一个社会、一个家庭，其成员之间越是和谐和睦，健康就会越好，幸福感也会越高。

人来到这个世上，既不能选择自己的出身，也不能选择出生的日子。一切皆是偶然。如果把生日看作是生命的一个节点，从一个节点，到另一个节点，再到下一个节点……用根线绳把这些节点穿起来，人生便完成了。如果单看点与点，无非是年年在庆生，如此，人与人之间似乎并没有什么差别。但不同的人，点到点之间所走过的路是不一样的，有的人在奋斗，有的人在彷徨，有的人在追求，有的人在堕落。从这一点讲，生命短暂而名垂青史者长寿，这也是幸福的另一种境界。

当今社会，长寿似乎已不成问题。过去说，人过七十古来稀，现在活到八十、九十也不是什么稀奇事。但在我看来，关键是要活得健康、活得幸福。如果不是，那不真成了开头时那句玩笑话：活着不幸福，长寿也白搭。

2019/7

阅读自己

今年读书日在网上选买了七本书籍。下单付款后才发现所购书籍中,涉及生死、生态方面的书籍竟然占了大头,这种变化或许是与年龄有关吧。

每年这个时候,有关读书方面的报道就会铺天盖地地飞来,尤以这几年为盛。细思之下,似乎给人以某种感觉,舆论越是关注什么、报道什么,越是在反向告诉人们,这方面不行了。

当娱乐与养生成为一种社会风尚和大众文化时,人们便开始幻想,如何能像诗人海子描述的那样:"从明天起,做一个幸福的人,喂马,劈柴,周游世界。从明天起,关心粮食和蔬菜,我有一所房子,面朝大海,春暖花开。"在这种娱乐至上、活着才是幸福的大环境下,通过读书获得认知上的提升、思想上的重塑等目标则放在了其次。人们获取实用性知识的渠道越多,读书的人就会越少。在网络信息化时代,读书逐渐退化成为一种小众的奢侈行为。

其实,有时候静下来想想,读书不仅是个辛苦的事儿,而且在一定程度上讲,还是一件痛苦甚至危险的事情。史上对读书人迫害的例子何止"焚书坑儒",又何止"文字狱"。说来,读书也是性命攸关的大事情。

受各种因素影响,读不读书、读多少书都不重要,重要的是要有做人的良知。假如将自己的快乐凌驾于他人的痛苦之上,假如大脑认知中缺乏基本的是非判断,假如言行不一、心口相违,书读得再多也是枉然,这种例子也是俯拾皆是的。

我觉得,人到了一定的年龄应该学会反思。这种反思就叫阅读自己。换句话说,人在不同的年龄阶段要主动阅读自己。如夫子所言,三十而立,四十不惑,五十知天命,六十耳顺……

每个人都是一本书,时不时停下来翻阅一下,检讨一下,这时你才会知道,阅读他人的书对丰富自己是多么重要。当然,不论是阅读他人的书籍,还是阅读自己的经历,你得是个谦虚的人。

2022/4

说三观

"三观"指什么？这是小学生似乎都能回答的问题。三观教育无时不在，无所不包。这就是人常说的，要活到老，学到老，改造到老。

一直有个困惑，"三观"最早是谁提出来的？什么时间、什么背景下提出来的？无法查找到这方面的资料。看来，世上知其然的事情很多，不知其所以然的事情也有很多。

武汉"封城"期间，由一本日记引发的三观互怼暴露了世人在三观上存在的裂痕，至今余音未息。一个民族在公共事件上的认知有如此之大的反差，这种现象不能不说是巨大的悲哀。

在非黑即白、非对即错的认知下，尤其是在某种语境中，人往往会以盲从代替理性，以谩骂代替常识。语境上的差异，使得理性、常识会被多数人所忽略。因此，在三观正与不正的问题上，与其嘈杂地人云亦云，或者争辩不休，不如待在角落里静思，毕竟"实践是检验真理的唯一标准"

是被历史印证过的。

一般来说，人会觉得自己的三观没有问题，有问题的是他人，并以此为标准去评论别人的三观。席间，常能听到这样的话：那人三观不正，不是一类的；那人人品差着呢，玩儿不到一起；谁谁的三观还行……

胡适之说："容忍比自由重要。"在他看来，只要个人行为不危害社会和他人，容忍别人的观点、包容不同的言论同样是可贵的品质。我们为什么缺少这样的涵养呢？或许是受到的非理性教育太多太深。

实际上，生活中人与人相处时，大多数时候是不涉及三观的。在合得来与合不来之间，发挥主导作用的是另外一观，即生活观。

在我看来，生活是由吃、喝、玩、乐、创等五个方面所组成的。把它们又可以划分为三个层面，即生存、享受、创造，或是物质、精神、境界。

吃与喝是生存，是活着的基本，是人生存的基础，属于物质层面。因此说，吃、喝从来都是最大的事情，是生死的大事。精准扶贫中提出的"两不愁"指的就是生存问题。

玩与乐是享受，是愉悦的源泉，是人奋斗的

目标，属于精神层面。这里所说的玩、乐，不能简单地从字面去理解，一切有益于身心健康和社会和谐的活动都可以纳入玩、乐的范畴。比如玩艺术，比如旅行，再比如收藏……阳春白雪，玩的是精神愉悦，下里巴人，乐的是身心放松。当然，玩乐也是要有底线的，必须是在道德与法律的框框内。

能吃到一起、喝到一起、玩到一起、乐到一起的人，叫生活观相同的人，与这些人交往起来容易得多，处朋友也简单得多。男女谈恋爱也是这样。生活中的矛盾，关乎三观的并不多，而往往与生活观密切得多，不然怎么会有"门当户对"一说呢。

管理学中有一个马斯洛五层级需求理论。他说得复杂了点。其实，把人的需求划分成三个层次就够啦，即物质需求、精神需求和创造需求。简单地说，就是吃喝、玩乐、创。吃喝是物质，玩乐是精神，创造是境界。于多数人而言，一生能达到吃喝玩乐的生活就已属不易，想要创造生活几乎是不可能的，这只属于极少数人。

物质生活可以称为人的第一种生活，精神生活可以称为人的第二种生活，那么，创造生活就属于人的第三种生活。掐指算算，你处在第几种生活？

三观之外的乐趣多着呢，何必纠缠于其中。

2022/4

秋夜

夜与朋友小聚,抿红酒若干,许是多日劳碌,或是酒力发作,回老屋竟然早早入眠。一觉醒来,方知已丑时,睡意全无。起身开窗,凉气扑面而来。立秋不及一周,秋雨纷至沓来,缠绵缱绻,似有悱恻之意。雨落梧桐,声如童子读书急切而音脆。想起屋中兰草久未浇水,为何不使其历风雨以享自然之乐乎?

烧水沏茶,临窗观兰,于夜色深浓秋雨绵绵中,品万籁之音。

取古文阅读,首篇竟是《秋水》。诧异焉,天意也。《秋水》庄子名篇,有《河伯与海若》对话篇。河不自知,必贻笑也。再读,深如古诗所言:品若梅花香在骨,人如秋水玉为神。海之品,不在其端,而在其深,满而不溢。人当效仿之。

雨夜,品茗阅读,观兰听音,乐也。

2021/8

情怀

是日,遇某人谈情怀。

旁者问曰:何谓情怀?官一时语塞。少顷,道:乃人生也。问者蹙眉。见状,解曰:情怀,乃远大理想,崇高信仰,毫不利己,专门利人,鞠躬尽瘁,死而后已,淡泊名利,如孔孟老庄……云云。旁者忽言:汝如何?官者语塞。

常闻,利大者言铜臭,居显位者曰淡泊。古今至理。

功者之初,多逐腥利,媚权贵,踏同僚,蔑小人之辈,无不用其极。一旦功成名收,一副泰然,仿若情怀所致。实乃愚人之手段,欺世也。犹如食葡萄者,滋滋在口,却与人言:酸、酸,不可食,不可食也!

王朔言:谈人生是种病。吾不敢苟同。然,逢言必人生者,则病相也。

2020/4

道别

天气预报说,周末会有一次大的降温,说是要过寒潮了。将信将疑。中午在公园散步,暖阳照在身上还有点晒。风和日丽,怎么会说变就变呢?

周六早上醒来,开窗通风。窗外的景象令我吃惊。天气真的变了,而且是大变。"呼,呼呼"的风声听得有些吓人。窗外那棵大树,一夜之间换了模样,余下的几片叶子急切地来回摆着,那情景令人心疼。稀疏的雨点被风卷着扑向玻璃,似乎要破窗而入。立冬了,天气应着节气,也在表达着天意。

眼前这景象使我陡然感到了秋的悲壮。暮秋与初冬相逢后,彼此在用各自的方式表达着对对方的敬意。秋,是在与时光做最后的道别,带走每一片属于它的色彩,回归养育自己的土地。冬,作为后继者,想要用寒冷证明它的初心。如果说,春是温柔的,夏是热烈的,冬是严肃的,秋则是敦厚的。如此看来,窗外的风不再是凄风,风中的雨也不再是苦雨,那是秋天离别时留下的眷恋。明年还会相见的。

其实,想一想,生活中道别的事情有很多。亲人的离去是一种道别。送寒食,送寒衣,祭扫问候一下。怀念、纪念,是为了再次遇见。离开熟悉的环境,重新开启一段新的生活,这也是道别。增加阅历,丰富自己的人生。人身体上的变化也是一样的。健康在慢慢离开,每一个器官都在道别。青春在做道别,岁月在做道别,不觉间,已渐成两鬓斑白的老者。

人是应当学会道别的。与自己的欲望道别,与无用的东西道别,与不相干的人与事道别。背负得越多,身体损耗就越多,健康与你道别的速度就越快。这个世界上,唯有与健康是不能道别的,然而,假如稍不留意的话,健康会自己悄悄地道别。

所有的遇见都是过往,该放弃时,即刻丢弃。人是在加与减的过程中度过一生的。在我看来,是否知天命,不在于年龄,而在于认知。看透,想开,放下,不争,知止。活得通透了,道别便不是问题了。

2021/1

拾趣儿

一早醒来，光线穿透窗帘，睡到自然醒是件幸福的事儿。掀帘推窗，两只鸟儿早已在枝头叽叽喳喳拉着家常。我对着它们吹了吹口哨，许是惊扰了它们，一时双方皆不语，相互凝视着。这场景倒是有趣儿。忽然，它们冲着我吱儿、吱儿地啼叫了两声，抗议似的，抖着翅膀飞走了。我虽然做了一回不速之客，心里却没有一点歉意，只是愈发觉得有趣儿。

给自己冲了一杯温温的蜂蜜水。突发奇想，何不再往里加几滴老陈醋？抿一小口，暖暖的，甜甜的，外加一点酸味。味道真是好极了。一口气喝完，甚觉有趣儿。生活的味道是自己调出来的，或许再加点苦瓜汁，抑或别的什么味道，想来那就叫五味杂陈了。给自己一杯温暖，一天的好心情就此开始。有什么理由不对自己好一点？对自己好了，才能对他人好。每天的生活就从一杯水开始，这岂不是非常有趣儿的事情。

穿上运动鞋,戴上无线耳麦,短衣短裤,一身运动装束。然后,再给胳膊上套一个运动包,把手机、钥匙装进去。下楼到院子里,熟人看见了诧异,他很少见我有这样的装扮。瞧熟人的模样,觉得有趣儿。生活中适时改变一下自己并不难,难的是你得主动去改变。

一口气慢跑至护城河,狼狈样何止是气喘吁吁。六十岁的年龄是一定的,三十岁的心脏却是不一定了。城河里,两只白鸭在河中净水的蓝色器具上歇息,它们看我的神态有点怪异,似乎在说,原来你就这点能耐呀,才跑了多长点距离就成了这熊样。它们嘲笑的神态,我不但没有生气,反而觉得有趣儿。这不就是那句"五十步笑百步"的成语现实版嘛。行百里者半九十,咱们都一样,谁也别笑话谁,再坚持一段时间,还说不准谁笑谁呢。

沿城河向南,行至西门河沿时,发现以往开着的小铁门锁着呢,估计是忘记打开了。往回走,心不甘,怎能走回头路?于是,抬腿开始翻门。翻过去后,四下瞧了瞧,发现周围不见一人,心中暗喜。一把年龄了,竟然做了孩提时代的举动,想想也是有趣儿,为自己又年轻了一把感到高兴。

由河沿拾级而上来到城墙下，再转而向北，边走边跑，边跑边走，换着做变速运动。沿途晨练的人用的招式平时也没在意，一旦留意了，感觉也蛮有趣儿，可以说是八仙过海，各显神通，真叫个五花八门。有吼的叫的，跑的跳的，有光膀子翻单杠的，也有穿戴整齐仿若领导视察的。人们是想明白了，尤其是一些上了些年岁的人，越来越觉得养儿不防老，老了靠谁都难，唯一能做的是想法子拉长健康年龄的时段，到了身体不行的时候，能够走得痛快一点。曾有个老人拉着我的手，磕磕巴巴地说："小张啊，活着遭罪啊。"如果像前几日发生在上海某个养老院把活着的老人往殡仪馆送的那一幕，老了的日子就太没趣儿了。

朱红色步道上铺撒的小花引起了我的好奇，这可能是今年最后的落英满地了。我叫不上小花的名字，只是觉得生命放在不同的环境里带来的有趣儿是不一样的。落在泥土里就是养料，落在色板上就成了一幅画。人也一样，何必要去挣扎呢？顺应也是一种美，只要有绚丽多彩的时光就是有趣儿的。

没有直接回家，去回民街上喝碗胡辣汤。想吃什么的时候就去吃，想做什么的时候就去做，不妨碍他人就好,这不也是一种乐趣。说来,美食是人生最不可失去的乐趣,生活在一定意义上而言,会吃是最有趣儿的事情。

　　有趣儿的事儿太多,只要留心,可谓俯拾皆是,一切在于你得用心去发现,去弯下身子去拾。

2022/5

第五辑　轻沙走马路无尘

软草平莎过雨新,轻沙走马路无尘。何时收拾耦耕身?日暖桑麻光似泼,风来蒿艾气如薰。使君元是此中人。

——苏轼《浣溪沙·软草平莎过雨新》

用心感知世界的方式是阅读,用身体感知世界的方式是旅行。因此,读书与行走便成了人们生活中不可或缺的一部分。为什么要去感知世界呢?因为不想成为:井底之蛙。

观沈从文先生墓地记

在凤凰,寂寞是种奢侈,而快乐则是永远的。古城的山与水、楼与桥无处不散发着快乐的气息。快乐俯拾皆是,只要你愿意。

临近黄昏,倚窗观景,脑子里想起一个人来,他或许是寂寞的。二十七年了,他在听涛山下僻静的一角,望着日夜流淌的沱江水。他平静、安逸,与世无争。我想,该去看看他。

出客栈,沿江边向东行进。适逢五一,游人如织,路已经不能顺畅地行走了,常需要停下来侧身礼让对面过来的游人。走了大概两千米,来到一处山脚,身边是江水流过的哗哗声,除此之外,四周宁静无声。余晖中,见石壁上刻着几个大字:沈从文先生墓地。我知道,我来看望的人就在这里了。

拾级而上,在一处不大的平台边上,靠石壁立有两座石碑。近前细观,方知是当地政府立的文物保护碑的两面,正面和反面。先生的墓地已被列为省级文物保护单位。沿右手边的石阶再上,见路旁又有一石碑,碑文是著名画家黄永玉先生题写的,"一个士兵要不战死沙场,便是回到故乡。"及至一处较大的平台,环视一圈后竟有些发蒙和惊诧。

平台贴近山体一侧插着两根直径三十厘米左右的木头。两根木头之间有七八米的距离。东边这根木头上刻着:沈从文墓。西边的那根木头上也刻着:沈从文墓。两根木头几乎一模一样,不同的是,西边这根木头在墓字的下方多了一个指向东的箭头。平台偏西的地方,有块儿较大的岩石敦实地矗立在那儿,一人多高,一臂宽窄。石头没有什么特别之处,石下有几束早已败落了的花卉。平台的边缘是几个石条凳。没有墓园,没有墓冢。与想象中的墓地差距有点大。

我围着石头转了一圈,然后站立在石头前细观。我发现这块石头与山体岩石类似,叫五色石。我猜想,这块石头应是采自旁边的山体,立在此处用作墓碑。石头正面刻着:照我思索,能理解我,照我思索,可认识人。这是摘自先生一本书中的语言。背面是先生的小姨子,也是先生婚姻的"媒婆"张充和女士为墓地撰写的挽联:"不折不从,星斗其文;亦慈亦让,赤子其人。"先生的学问、品行都凝结成了这四句话。

先生的墓穴与墓碑是分离的。那根写有"沈从文墓"、立在岩边的木头是墓穴的标记。

墓穴旁还有块石碑,碑文由于风雨侵蚀,字上面的绿漆斑驳脱落,字迹有些模糊。碑文是一九九五年张兆和女士为《从文家书》写的"后记"。碑文很长,大意是:

六十多年过去了,而对桌上这几组文字校阅后,我不知道是在梦中还是在翻阅别人的故事。

经历荒诞离奇但又极为平常,是我们这一代知识分子多多少少必须经历的生活。有微笑、有痛楚;有恬适、有愤慨;有欢乐,也有撕心裂肺的难言之苦。从文同我相处,这一生究竟是幸福还是不幸?得不到回答。

我不理解他,不完全理解他。后来逐渐有些了解,但是真正懂得他的为人,懂得他一生承受的重压,是在整理编选他的遗稿的现在。过去不知道的,现在知道了;过去不明白的,现在明白了……

越是从烂纸堆里翻到他更多的遗作,哪怕是零散的,有头无尾的,就越觉得斯人可贵。

太晚了!为什么在他有生之年不能发掘他、理解他,从各方面去帮助他,反而有那么多的矛盾得不到解决！悔之晚矣。

这些文字是对他们两人一生关系的总结。有了这块碑文才得知，先生墓地是他与夫人张兆和的合葬墓。查了一下，先生于一九八八年五月十日病逝，四年后，骨灰由北京迁到他魂牵梦绕的家乡，一半撒入了沱江，一半葬到了这里。张兆和女士二〇〇三年二月十六日在京病逝，四年后，二〇〇七年五月二十日清晨，低调地与先生合葬于此。整个墓园除了那篇刻在石碑上的"后记"外，没有留下任何与张兆和女士有关的记述。甚至许多人并不了解这是先生与夫人的合葬墓。

我站在平台向山脚下的沱江远眺，暮色中星星点点的灯火映在水面上，水声依旧。那个最会写情书、连骨子里都充满浪漫的"乡下人"，从此再不会寂寞了，他的爱，他的"三三"又回到了他的身旁，与他一起听涛来了。

想起沱江上那座情人桥，依稀记得先生的几句诗：

在青山绿水之间 / 我想牵着你的手 / 走过这座桥 / 桥上是绿叶红花 / 桥下是流水人家 / 桥的那头是青丝 / 桥的这头是白发。

2019/5

寻山记

辛丑初夏,应泉城老友相邀,出陕东游。至彭城,游云龙山,览徐州名胜。入齐鲁,先曲阜,后邹城,观圣人之生活,思先贤之言行。登五岳之首,泛舟大明湖,品茗趵突泉,访青岛,游崂山仙境,寻趣庙堂之外。一路行来,悠哉乐哉。回程多日,"三山"印象至深,遂成文:寻山记。

——题记

云龙山

辛丑年四月初五,余携妻往徐州云龙山游览。徐州古称彭城。

云龙山乃彭城风景名胜。居彭城之南,呈北高南低之势。九岭逶迤,层峦叠嶂。远观,如飞龙在天。因常有云雾相伴,故称云龙山。行不至此,不完美。

高铁用时三小时又半。晨以凉皮肉夹馍为食,午餐把子肉米饭。两餐皆不误。把子肉为彭城名吃。

稍事休息,出门叫车,往云龙山。司机曰:不远,起步价即至。吾观其面善,言语温和,愿与其聊。吾言:首来彭城,除云龙山,可有他处游玩之地相荐?其乐之,曰:户部山明清老建筑,可游;龟山汉墓独具匠心,可观;时若从容,可赴窑湾古镇行走,览运河文化。又曰:云龙山下,西为云龙湖,山水相连,景色俱佳;北有博物馆,为乾隆下江南时行宫;东是淮海大战纪念馆;山之顶,有放鹤亭遗存、唐兴化寺禅院,皆为游人必到之处。语间,至北山门下,始登云龙山。

游云龙山重在"放鹤亭"。少读《放鹤亭记》,虽不全解文意,心悦然。"春夏之交,草木际天;秋冬雪月,千里一色;风雨晦明之间,俯仰百变。山人有二鹤,甚驯而善飞,旦则望西山之缺而放焉,纵其所如,或立于陂田,或翔于云表;暮则傃东山而归。"

购票入山。步道墁以山石,经万千踩踏,面露各色花纹。坡路平缓、山色葱郁,亭林相依、山鸟鸣翠。过抗战纪念亭,台阶渐陡,似将近山顶。果然,喘息之际,仰见山门,上题:张山人故址。山顶为开阔平地。入门处立有山石,高一人半,上题"一节山,海拔104.11米"。一节山?不得其解。

再往里，是一处平台，四周石栏环绕。平台正中有古式建筑。窗门紧闭，亦在维护中。上悬"放鹤亭"匾额，乃苏轼手迹。《放鹤亭记》云："彭城之山，冈岭四合，隐然如大环，独缺其西一面，而山人之亭，适当其缺。"此刻，全然不见其势，与文字有别。山人所居茅庐，为何称亭？

台阶旁立有石碑，文字如下：

放鹤亭为宋神宗元丰元年（1078）文人隐士张天翼的草堂。后经风雨侵蚀而坍塌。明嘉靖十一年（1532）在原址重建。清康熙五十七年（1718）重修；清咸丰、同治、光绪年间均予修建。现为同治十一年（1872）重建。亭坐东朝西，面阔三间11.95米，进深4.95米，脊高8.2米。砖木结构，歇山顶，前有平台，莲花柱头石栏杆环绕。四壁青砖，覆青筒瓦，门额上原是乾隆手书"放鹤亭"三字，现为苏轼手迹。

碑刻内容，答惑解疑。放鹤亭与招鹤亭确为草庐。历后世屡次修建，早已异样。

山顶不远处立有巨石一块，刻《放鹤亭记》全文。默读之，其中二句，甚为感触。"升高而望，得异境焉。""其为乐未可以同日而语也。"

询工作人员：如何至云龙湖。言："见'二节山'右拐直向西门，行不多远便至湖边。"又问:"何谓二节山?"其言:"如同龙身骨节,节节相扣。云龙山分九节,故有此称。"妙喻。叹服之。

泰山

从泰山下来,老薛说,带你们再去个地方,保证你们喜欢。之前,老薛曾问我,有没有去过岱庙。我说,没有。他感到不解。他说,你不是来过泰山吗,怎么没去岱庙?我说,都是缆车上再缆车下,然后就走了。

"是去岱庙吗?"

"到了你就知道了。"

"还挺神秘的。"我心里嘟囔了一句。

老薛是昨晚才认识的。在济南朋友安排的接风宴上,老薛豪爽的性格十分抢眼。人豪爽了,亲和力就强。不一会儿我俩就聊得跟熟人一样。朋友说,他俩在部队是搭档,老薛团长,他是政委。老薛人直,面相粗点,但粗中带细,带兵很有一套。饭桌子上,老薛得知明天要去泰山时,他说,他陪着,包我们满意。

第二天一早,老薛准时来了。一身休闲装束,晨光下他魁梧的身体像座小山。今天老薛是司机。他上车后调好座位,又调了调后视镜,然后说，他开车，我们只管玩。

路上闲聊，得知老薛在泰安当了十五年的兵，由一个普通战士升到了团职主官。按朋友的话说，老薛过去在部队是"三硬"干部。技术硬、作风硬和心硬。只要上级有要求，他会横下一条心，非把事情做好了才行。听着表扬的话，老薛很受用。他的说法是，带兵，自己不过硬，兵一定带不出来。

车开出去四十多分钟后停在了路边，老薛与朋友嘀咕了几句掉头又往回开。问过一个路人后，车拐上了一条便道。老薛居然迷路了，我有些诧异。

"老师，你这地方路咋不对了？"进停车场时，老薛问坐在岗亭里的收费员。"咋不对了？"收费员是个女士。

"以前这条路不是这样的。"老薛继续说。"以前是啥时候？"收费员问他。"十多年前。"女士听完老薛说的话乐了，"那是哪年哪月的事情了，早都变了。"听着他们之间带有乡音的对话，感觉自然亲切。下车后，我问老薛："你为啥喊她老师？"朋友替他解释说，这儿管陌生人都叫老师，与师傅差不多。

路上，老薛问在山上我玩得咋样。"还好。"

我说。其实，心里有种说不出的感觉。一点汗都没出，有天气凉的原因，关键是力使得不够，游徐州一百多米高的云龙山还出了汗。我心说，还是缆车上再缆车下，这哪是登泰山，像是在山顶散了散步。

五岳中，我只去过华山和泰山。对于华山，我喜欢用"爬"字，说到泰山时则喜欢说"登"字。"登"与"爬"，一字之差，寓意却大不相同。登，是带着一股豪情，一步一个脚印往上走；爬，手脚并用，意味着山路陡峭艰险，有一种战栗紧张的心情。

年轻时没少爬华山。自从华山有了缆车，便再也没有爬过。山，登也好，爬也罢，如果没有了过程体验，不仅乐趣少了，而且也会错过一些精彩的风光。

老薛把车停在村边的停车场。他领着我们进了村。左拐右拐，过了一座小桥后，老薛说，到了，就是这儿啦，保证你们没来过。

我定睛一看，眼前红门村、红门路、一天门、孔子登临处、红门等等一系列的古建、牌坊和石碑。

"这是哪里？"

"这里是登泰山的正路，历朝历代来朝拜泰

山的人，不管是圣人、皇帝，还是王公大臣、平民百姓，走的都是这条道。"

这让我很惊奇，甚至有些兴奋。我从没有来过这里。我想，登泰山，不走红门、不过十八盘、不入南天门，怎么能算来过泰山？走捷径，少了诚意，祈求会灵验？

"惭愧、惭愧。"我冲老薛拱拱手。

"哈哈，咋样！"他得意地笑着。

我让他们等我一会儿。我快步下到旁边的河沟里捡了两块小石头上来。我说，留作纪念，也为再登泰山留个念头。

崂山

小满节气那天傍晚到的青岛。此行，专为游崂山而来。

四十年前，从一部名叫《崂山道士》的木偶动画片中知道了崂山。仙境与道士是崂山留给我的最初印象。

去崂山的路上，朋友问我，仰口这边上山可以不。我愣了一下。朋友见状，解释说，崂山有多条游览线路，每条游览路线沿途风景各有不同，全部玩完需要三四天时间。开车的小袁接话说，仰口这边风景独特，过会儿爬山你们就知道了。小袁是当地人，是朋友的朋友，是专程陪我们爬山的。我说，头一次来崂山，听你们安排。

初夏的青岛气候温和，凉爽宜人。或许是天好的缘故，加上适逢周末，来崂山游玩的人挺多。

在一个叫天平宫的地方，我们停下来歇脚。朋友说，他不想上了，来过多次，就在这儿等我们。我笑他，说到了山顶或许会碰上一两个神仙，跟着学一招半式，错过了岂不可惜。友人乐了，他说，你们千万不要学《崂山道士》中的那个书生，心生邪念，学到的仙术也会失灵的。

说话间，我向高处仰望。蓝天白云下，山路迢迢，曲折蜿蜒。奇松华盖中，怪石嶙峋，剑峰千仞。巨大的花岗岩石块，或叠于山峦之间，或嵌于山石之中，或立于山巅之上。它们有的形似仙桃，有的状若神兽，还有的如仙人指路。山风吹过，还是一副晃晃悠悠的神态，样子既令人担心，又感到有趣。

稍事休息后，起身再往上走。山势渐陡，喘息声渐粗。行不多远，随行的小袁说："咱们再歇一歇，你们也转身往山下看看就轻松了。"我照他说的话做了。哇噻，一声惊呼。临高远望，远处是一片碧蓝的大海，海浪一波一波地把卷起的白色浪卷推向岸边，同时，也把优美的海岸勾勒得魅力十足。极目远眺,散落海中的翠绿色小岛若隐若现。"忽闻海上有仙山,山在虚无缥缈间。"眼前正是这样的景色。

俗语说,天下名山僧占多。其实,道也一样。修行在于养性,养性在于环境。不得清净之地,安能静心悟道?由于崂山风光如画,宛如仙境,才引得安期生神仙在此驻足,也有了秦始皇前来求取仙方的故事。崂山可谓长寿之山。

不至"水穷处",何来"云起时"。"欲穷千里目,更上一层楼。"登山就是要有这样的心境,不觉到了寿字峰下。几十个笔法不同的"寿"字刻在悬崖峭壁之上,场面颇为壮观。尤其是那幅二十多米见方的巨型寿字更是令人称奇。祈寿纳祥历来是人之常情,但不同心境的人获取的方式会不同。焚香跪求、律己养生、闭门修行,等等。然而居庙堂之上的人是难以逃离时世的,昔日淮南王刘安潜心炼丹于八公山,专心著书《淮南子》,最后还是不能全身而退。做人当如苏文忠公,顺天应人,处之安然;从善如流,乐活一生。

在"觅天洞"前我犹豫了。穿越此洞后再上便可到达"天苑",意味着就到了与神仙对话的地方。上与不上,有点纠结。"还上吗?"我问小袁。"你们定,要上,我陪着。"他说,如果不累可以上去看看，上面又是另一番景象。

我想起一件事。问小袁，李白不是也来过崂山吗，还曾写过一首诗被刻在石头上，一路上怎么没有见呢？"在另一条线路上。"小袁说。

我把李白写的那首诗找出来读了一遍。"我昔东海上，劳山餐紫霞。亲见安期公，食枣大如瓜。中年谒汉主，不惬还归家。朱颜谢春辉，白发见生涯。所期就金液，飞步登云车。愿随夫子天坛上，闲与仙人扫落花。"

诗人游山、观海、寻仙，为的是与仙人一同扫落花。我居庙堂哪有这等闲情，罢了、罢了，崂山至此足矣。"往回走吧，不上去惊扰他们了。"我说。

2021/5

游梵净山记

吾为梵净山而来。适逢连阴雨,暮春犹如深秋。天气即天意。天意难违,既来之,则安之。

传,梵净山为弥勒道场。有些好奇。佛典记载,弥勒从师于佛祖释迦,为佛之弟子,居兜率天宫,讲经弘法,为一生补处菩萨。世尊灭度后,由弥勒接替,降生人间为佛。故尊弥勒为未来佛,称弥勒佛。清净庄严、福乐喜足的兜率天宫是人间敬仰之地。梵净山号梵天净土,是否弥勒居所?

晨,进山。乘观光车抵山脚,再换缆车上山。雨时断时续,雾聚散离合。雨雾缥缈,亦真亦幻。缆车如一叶孤舟,驾云掠雾,悄然无息。忽,云雾茫茫处,峰顶凸现,缆车破雾而出,脚下云海翻腾,似有脱地入天之感。此景,不由得想起"境界"二字。

下缆车,徒步而上。脚踏实地,重回人间。有鸟儿飞落,栖于道旁标牌之上,"吱吱,吱"

叫，路人甚奇，围拢拍照。鸟胆大，竟不惧，转头晃脑，反观路人。鸟与人似，对历惊险之事难忘。若被枪打，见人举臂，便会逃之夭夭，谓条件反射。鸟不惧，不逃，说明无此经历。

至蘑菇石处，境况突变。风携雨带雾扑面而来，寒意顿起。世间事，斗转星移，风云转换，好景难长，焉有永恒？稍做停留，拍照留念，便罔顾其他，匆忙往红云金顶去。据资料介绍，金顶矗立于山脊之上，高差达到数百米，远观如巨大的拇指。岩体在风化侵蚀下，崩裂形成一道峡缝，将金顶一分为二。两峰之上各有寺庙一座，左为释迦殿，右为弥勒殿，有如佛在交谈。此为梵净山标志。

雨雾渐浓。途经承恩寺，寺院若隐若现，恍如仙境，无暇驻足。不多时，但见一座巨峰直插云雾深处。极目仰视，影影绰绰，神秘而恐惧。弃顶归返，失落油生，天意也。

佛家讲缘。何谓缘？我想，天地万物间，冥冥之中，每个物体自带信息，信息间建立联系，沟通顺畅便是缘。或者说，某种信息寻找到那个与之相匹配的信息就是缘分，每个物体都在寻找它对应的那个信息。

俗语说，"有缘千里来相会，无缘对面不识

君。"人与佛,讲佛缘;人与人,讲人缘;人与物,讲结缘。世间事,缘分未到,善果难结,强求不得。转念再思,缘是一面,开悟则为首要,乃修习佛教之目的。身在何处不重要,心在哪里才是生命的真谛,如此这般,方能断烦恼,求得解脱。

身到,心未到。无缘,他日再来。下山去了。

2019/5

黔灵山上的猴

城中有山,山里有城,这样的城市称作山城。比如重庆,比如宝鸡。说贵阳也是座山城知道的人并不多。贵阳不仅是一座山城,而且是座有灵性的山城,灵性来自城中的黔灵山。来贵阳是不能错过黔灵山的。

黔灵山,位于贵阳市区,被誉为"黔南第一山"。它集自然风光、文物古迹、民俗风情和娱乐休闲为一体。到黔灵山可以去礼佛,走进著名的弘福禅寺拜拜,也可以泛舟黔灵湖,在世外桃源徜徉一番,还可以登山健步,领略大自然之美。而在我看来,去黔灵山上看猴子才是其独特的魅力所在。

黔灵山上的猴子属于猕猴。猕猴是生活中最常见的那种猴子。喜群居,好动,蹿来跳去,一刻不得闲。细观察,其面部表情丰富,常会有些让人诧异的动作。

最早认识猴是在集市上看耍猴的。早先,

常有耍猴的走街串巷，尤其是农村逢集的时候。耍猴人手中的锣鼓家什一响，猴子就会做出各种各样的表演，滑稽的动作常常引得围观者阵阵喝彩，看者高兴了，猴子便举个盆子转着圆圈讨要赏钱，观者多半会掏出俩零钱赏给猴子。猴子是耍猴人的饭碗和依靠，但两者却极不平等，说白了，猴子就是耍猴人的奴隶和挣钱工具。小时候看耍猴觉得蛮好玩儿，后来感到有些残忍。现在很少再见到耍猴的了。

说起猴子，峨眉山的猴子是最出名的，但名声不咋地，经常有游客投诉，说是遭到了猴子的劫掠。但凡想去爬峨眉山的人都会思量，如何对待这些机灵古怪的家伙。内心有种想见却又恐惧的纠结。

相比较而言，黔灵山上的猴子有趣得多，常会做出思考状。只见它，蹲坐在高高的树杈上，托着个大苹果不啃不食，眼睛凝视着远方，是在想"猴生"，想未来？是在想家人是否也有吃的了？做猴子也不能太自私，不能一猴吃饱，全家不饿！或许还想些别的吧。这场面常使人忍不住想笑。

我发现，黔灵山的猴子不贪嘴，吃饱就行，饱了就找个暖阳安静地发呆，或者凑堆儿，东瞅瞅、西瞧瞧看游人。正所谓"饱食终日，无所事事"。人言，人生苦短，得过且过。猴子何尝不是这样想的呢！

朋友给我讲了个故事，说是她带孩子去黔灵山玩儿，孩子一只手伸开手掌，大点的猴子从手掌上取食物，取一个吃一个。孩子的另一只手插在裤子口袋里，有一只小点的猴子够不着孩子手掌中的食物，就悄悄在一旁用小爪子扒拉孩子插在口袋里的手，希望也能得到点吃的，那场景特逗。我听后说了句时髦的话："黔灵山的猴子讲礼貌，有规矩。"她接话说："还有志气呢，给就给，不给拉倒，绝不死乞白赖地拦路强索。"我开玩笑道："它们是在努力做个文明猴啊。"

看着黔灵山上人与猴戏耍的场面，我不禁多了份感慨：宁静方可致远，和谐才能共生。小到一个人的内心平和，大到人与自然的共生共存，无不渗透着这样的道理。一个家庭是这样，一个单位、一个国家不也是这样吗！世界也是如此。

"多彩贵州，云裳贵阳"，这是来贵州之前听到的最多的两句话。多彩，是说贵州的山水与人文丰富多彩；云裳，则是在说贵阳人的创新与实干。一个欠发达的省会山城，之所以能在云计算和大数据上引领时代风范一定有它发展的基础，我想，这个基础就是生态，走绿色的高科技之路。

2018/2

贺兰山下跳动的音符

夜幕降临时进入了银川城区，按着导航的指引，车在市区里不断变换着路线，左拐、右拐，一点方向感没有。透过车窗，发现街道两旁的店面逐渐稀疏起来。头次来银川，旅馆是路上用手机订的。

给银川的朋友老马打了个电话，告诉他，今晚要夜宿银川了。听筒里，电话那头的老马显得兴奋。他说，他在旅馆门口等我，晚上一起喝酒。安顿下以后，老马坚持要去餐馆吃饭，我却固执地要在夜市吃，老马无奈，依了我。出了旅馆，马路对面便是夜市。老马说，这是银川南关夜市一条街，叫牛街。我俩说着谝着，喝酒吃肉，好不惬意。

我向老马说了此行的目的。我告诉他，这次来宁夏，先到了固原，去看了看秦汉萧关，了却了一桩心愿，因为在我心里，萧关就是秦人远在异乡的兄弟。来银川是想去西夏王陵，下午已经去过了。党项人是从陕北的靖边、横山一带迁徙过来的。在贺兰山下,党项人创造了灿烂的西夏文明。一个存在了近二百年的王朝说消失就消失得无影无踪,为什么这个王朝、这些个人史书不载,民族不存呢?

老马是地道的银川人,这里生、这里长,又在这里工作。说起西夏王陵,他讲了一些情况,他说:"银川在一千多年前不叫现在这个名字,而是叫怀远镇。唐代,羌族的一个分支党项族不堪忍受吐蕃王朝的欺凌在拓跋氏的带领下,从青藏高原向黄土高原迁徙,在今陕北横山一带定居下来。他们仰慕大唐的繁荣,敬佩大唐的文化,向往大唐的生活,希望能归附唐王朝。大唐以其博大的胸怀,不仅接纳了党项部落,还邀请他们的头领到大唐的都城长安参观,封给官职。唐朝末期,党项人因参与平定黄巢起义有功,获得唐僖宗奖励,首领拓跋思恭被赐李姓,因部族居于夏州(陕西横山一带),拓跋思恭被封为夏国公。五代十国时期,党项族人又一次大迁徙,在宁夏灵武一带建国,史称'大夏'国,因在宋朝的西部,中原人习惯称它为'西夏'。西夏的第三个国王李元昊即位后,迁都城于怀远镇,起名'兴庆府'。他大兴土木,建成了除长安城外当时西北最大的城市，这就是银川早期的来历。至于西夏王陵，最早发现于二十世纪三十年代，经过多年考古挖掘，现已明确是西夏王朝历代帝王的陵寝，只是在史书上找不到任何有关它的记载。"

我问老马："宁夏还有党项族后人吗？"老马摇摇头。他说："别说党项族了，就是西夏的遗迹也少得可怜，若不是王陵的存在，真不知道历史上还有过这么个王朝。"

告别了老马回到旅馆，虽酒至微醺，脑子却异常清醒，白天在西夏王陵参观的景象又一幕幕重现出来。

我是临近中午到的西夏王陵景区。景区的广场被一圈仿古的房舍围裹起来，像是个大院子。房舍多是用来出租给商户卖旅游产品，一户挨着一户，卖的东西都差不多。

在游客中心买了票，人民币九十元一张，含二十五元的电瓶车费用。景区大门朴实实用，没有多余的装饰，从外表上看不出这是个4A景区。大门两侧的柱子上各写着两个字，似曾相识，却又不认识，问检票员，得知这四个字是西夏文，读作"大白高国"，是西夏的国号。检票员不经意的回答让我感到诧异。西夏文？党项人是有民族文字的！文字是文明的符号和代表，一个有文字的民族，政治、经济、文化、社会发展各个方面，应该说是比较先进的。

按着旅游线路，先是参观了王陵博物馆，再是西夏史话艺术馆，而后经过碑林，直接走向编号为3号的王陵。博物馆里展出的文物不多，有一些专家的研究成果也被拿来展出。艺术馆则是通过泥塑手法把西夏历史主要的方面呈现出来，让观众直观地了解西夏。博物馆和艺术馆运用的展览手段落后了。现代科技的发展，声光电技术以及三维多媒体视频技术的运用，完全可以给观众营造一个鲜活的西夏。碑林是现代的，阳光反射下，几乎看不清碑上的文字，少有客人驻足停留。

节令已至深秋，但在毫无遮挡的荒原上，艳阳高悬，紫外线依旧强烈，许多人撑起了伞。远处的贺兰山清晰可见。贺兰山在宁夏的北部，翻过山便是内蒙古。散落在山脚下的一个个土包已经在这里屹立了近千年，这是生前统治这块土地的主人的归宿。

阳光下，王陵的土包显得有些凄惨，残败不堪的外表，完全看不出先前的模样。据说，它们原也是规模宏大、流光溢彩的，也是有亭台碑志、锦衣护卫的。如今，一切灰飞烟灭，竟然分不出土包里究竟埋的是谁。生前光鲜事，应怜后来人。旁边碑上介绍说，3号陵寝是王陵中最大的一座。专家考证，说它是西夏皇帝李元昊的陵。李元昊之前，他的祖父李继迁、父亲李德明都只称大夏国国王，面南，向宋称臣，面西，向辽称臣，虽说是宋辽夏三足鼎立，但夏是不能与宋、辽平起平坐的。宋辽两家可以称帝，夏只能叫王。李元昊继任后，创立西夏文字和语言，恢复党项人装扮和礼制，登坛拜天，自立大夏国皇帝。在他的强有力的领导下，经过与宋、辽两国交战，逼迫两国承认了他的地位，从此开启了西夏立国以来最好的发展时期。

在陵园里转了一个下午，拍了些照片，夕阳西下的时候，离开王陵赶往银川市区。正值"十一"长假，路上有些拥堵。

一路上我都在想，散落在方圆几十公里范围内的一个个王陵，何尝不是一个个威武不屈的党项人的化身？一二二七年，蒙古大军的铁蹄踏进了西夏的国土，面对强大的蒙古军队，西夏人没有选择投降，而是奋勇抗争，宁为玉碎，不为瓦全。虽然国破家亡，但也让威震四方、所向披靡的成吉思汗付出了生命代价。愤怒的蒙古人把所有的仇恨发泄在了党项人身上，杀光一切，抢光一切，毁光一切，为后世只留下了这些孤零零在原野上的土包。

　　我是认可这样的民族的，不屈，有气节，尚武好文。但同时我又有些感伤，那些在夹缝中求得生存的弱小民族，在国家民族生死存亡的时刻，是该选择委曲求全地偷生，还是威武不屈地战斗？党项人啊，你们为我做出了回答。夜市上，我把自己的看法告诉了老马，他表示同意，我们都认为，党项人的选择是对的。当忍让到无路可以选择时，必须奋起反抗，直至流尽民族的最后一滴血。

　　夜已深，万籁寂静。此刻的我，想起那一座座王陵，仿佛看见的是一个个跳动的音符，是贺兰山下一曲悲壮的民族交响乐章。

2017/10

这个中秋我在萧关

利用国庆长假,一个人驾车去萧关旅游。才进入十月,六盘山区则已是深秋时节。萧关在宁夏固原。那天,正赶上农历八月十五。

夜宿固原老城,尽管床上的被子换上了冬季那种厚的棉被,但盖在身上依然感觉不到有多暖和。秋风冷雨驱走了本该清爽的天气,把西北莽原上苍凉的一面展现在了人们面前,似有种"风萧萧兮,易水寒;壮士一去兮,不复还"的悲怆。

这个夜晚没有月亮。

想起了唐代大诗人王昌龄的一首诗《出塞》,诗云:"秦时明月汉时关,万里长征人未还;但使龙城飞将在,不教胡马度阴山。"关,指的是萧关。举家团圆的日子,终拗不过内心的渴望,在阴风苦雨中来到了秦汉萧关。此时此刻,躺在宾馆里,听窗外的风声,想云上的朗月。

国有天府,府有四关。历史上的天府之国指的是陕西的长安。长安自古帝王都,"二十四史"

中，有十三个王朝建都于此。一个王朝要持久生存下去，除了地理位置和资源外，还要有开明的政治和强大的经济做基础，同时，辅助以稳固的边防。"东函谷，西散关，南武关，北萧关"四关固，关中保。长安，长治久安之意，汉代、唐代之所以能成为当今人们心中的梦想，是与这四关的拱卫分不开的。

工作的原因，我曾多次路过潼关（汉唐以后，函谷关的作用逐渐被潼关替代），通过公路，乘坐火车，甚至还去了港口边儿上吃过黄河鲶鱼炖豆腐，拍过"长河落日圆"的镜头。还有一年，同学送来一个小纸箱，说是有名的潼关酱菜。潼关在历史上的功绩我是知道的，远的不说，单是现代，在抗击日寇对关中的进犯中就发挥了重要作用。这些关隘，历史上都曾守护着长安的明月，守护着长安的安宁。然而，我对它们也是少有寻究，这或许是机缘不到的缘故吧。

潼关、散关和武关均在陕西境内，如同自家兄弟，是随时可以登门探望、絮叨家常的。萧关则大有不同，我把它视为出门入赘的兄弟，是人家屋里的女婿，别亦难，相见更难。总感觉是一个失散多年的孩子流落到了外地，得知消息后不见上一面心有不甘。

据说，秦汉萧关坐落在固原东南方向的瓦亭峡一带，这里属于六盘山余脉。驱车赶到这里时已经是下午两点多了。恢复重建的萧关遗址景观邻着通往固原方向的省道。我下车后并没有急着去看它，而是直接走向了马路的对面，沿着一条村道走进了瓦亭村。因为，我看到了一堵高大的残垣断壁的城墙远远矗立在蒿草的后面。

瓦亭村，瓦亭峡，应该是有某种联系的吧？抱着这样的想法我走向了村子。冷风吹拂下的瓦亭村显得萧瑟。村口恰是古城墙的一个豁口，朝着左右两边的土墙拍了些照片，一边向着村子里张望，一边怯怯地朝着村子里走去。我不是怕人，而是怕狗，冷不丁蹿出来会把人吓得跳起来的，这种事儿以前遇到过多次。

街道上不见人影，估摸着是因为天冷，躲在家里不出来了。行不多远，见街边有一所小学，学校的北边和西边院墙恰巧是被古城墙围着，深为这个发现高兴。学校大门敞着，竟然没有人值守，又有些惊喜。若无其事地走了进去，院子大门的一角有位女老师正在给几个大点的孩子交代着什么，见我走进来，老师就叫学生们散了。我径直冲着城墙走去。到了近前，用手摸了摸，都是些砂石与黄土混合夯实了的土墙。常年风吹雨淋日晒，上面附着了一层黑乎乎的东西，如同套了件黑衣裳。

一个中年男人走了过来，估计是那位女老师把我进来的事情报告给了他。我主动上前跟他打招呼。我问他："这城墙是哪个朝代的？"他说："是明朝的。"又问："村子里有多少口人呢？""九百多口，二百来户。"他回答道。"村子里的人都住在城墙里吗？""是的。""城墙上的砖哪去了？""拆了盖房子，干别的去了。"我俩一问一答。他领着我去学校的后院看了西边的城墙。城墙光秃秃的，像我小时候在农村见到的干打垒，不过要比干打垒厚实得多、高大得多。我们又聊了会儿别的事儿，就告别了。

站在萧关大门外感到有些凄然，虽是遗址景观，大门却被铁丝拧着，靠边上的小门也被"铁将军"守着，一副拒人千里之外的样子。

萧关在历史上是赫赫有名的关口。可以称得上是古丝绸之路上的第一关口。出萧关可达宁夏、内蒙古、兰州、河西走廊等地；入关后沿泾河可直抵关中腹地，历来是长安的北大门。站在萧关遗址的大门外朝里张望，里面同样是萧萧然。草在门里，人在门外，假如草木有情，是否会相看两不厌？空旷的原野，除了风驰一般的汽车声响外,只剩下了风声。一门相隔,四目相对,天涯沦落,有种独立寒秋的境遇。

触景生情,情不自禁,随口嘟囔了几句:打马关下过,空留草木深,往事成飞烟,从来看今朝。急急告别了秦汉萧关,驱车奔向固原。

史学上对于萧关的位置有不同的争论,我是不操这份心的。管它是汉萧关、唐萧关,还是宋萧关,都由它们去吧。萧关,我到此,不是来听战马嘶鸣的,不是来看哀鸿遍野的,更不是来看闭关锁国的。我是想见证民族的融合相处,是想看四通八达的贸易往来,是想告诉你,萧关,数风流人物还看今朝。

今夜中秋,忘记吃月饼了。

2017/10

游大散关记

庚子秋日,适逢周末。一早,沿宝鸡至凤县公路往大散关山中进发。

不多久,我们便被群山环抱,四周崇山峻岭,层峦叠嶂,偶尔能听到山中传来火车轰隆隆的回响。俊海兄说,宝成铁路就隐逸在茂密的丛林里。只闻火车叫,不见苍龙来。路面逐渐抬升,车开始在"之"字形道路上盘旋。路的一侧紧贴陡峭的山石,另一侧是哗哗流淌的清姜河。不时有卡车呼啸着俯冲而来,庞然大物,有如泰山压顶,无形中心里多了一丝紧张。

又拐过一道弯儿,见远处山坳中散落着几户农家,路边的标牌上写着:大散关村。想来关隘距此不远了。

走进大散关遗址大门,迎面高台上建有一座大殿,隐约可见一尊老者的塑像端坐大殿中央,甚感奇怪,自言自语道:"不知里面供奉的是谁?"话音刚落,一句清脆的女声从身后传来:

"是老子。"侧头回望，见是一个中年女子立在右后方一米开外的地方。我转过身对她说："大散关怎么会与老子扯到一起？"她不紧不慢地接过话头，依旧笑着说，当时守卫大散关的关令叫尹喜，他拦下老子，并请老子写点什么，不然不给老子颁发通关文书，老子无奈，于是请尹喜代笔，口授了五千言的《道德经》。

她的话使我愈加糊涂，完全颠覆了以往的认知。我说："事情不是发生在东边的函谷关吗？怎么跑到西边来了？"她引经据典，谈古论今，介绍了不少情况，言语中充满自信，而我却是一脸的疑惑，几乎是无言以对。

聊天中，我得知她姓韩，是这里的讲解员。我这才注意到，她上身穿一件月白色的短袖，下身配一条藏青色的长裤，全然一副工装模样的打扮。她中等偏上的个头，高挑匀称，白皙的脸庞上忽闪着一双会说话的眼睛。透过岁月留下的痕迹，仍然能够看出她年轻时的娇容月貌。我对她说，听口音似乎不是本地人。她说，她不是，是东北人，她家是铁路上的。她说她生在宝鸡，长在宝鸡，算是地道的西府人了。

接下来的聊天使我对她更加刮目相看。她说，大散关的由来与周天子姬发有关。当时姬发身边有四个重要的谋士，其中一个叫散宜生。姬发被纣王扣押囚禁的时候，散宜生等人设法营救。周朝建立过程中，散宜生立下大功。为此，周天子把陈仓一带分封给他。散宜生以姓为国，建立了散国。由此，散国所在的山叫大散岭，清姜河流经的溪谷被称为散谷。听她的讲解，感觉她不像是这里的工作人员，反倒像研究大散关的专家。

拾级而上，走进大殿，殿中央果然是老子骑青牛的塑像，墙壁上多是有关老子的圣迹图。右手边墙上有一篇大幅的文字引起了我的注意，走近细观，发现是老子与大散关之间关系的介绍。

文章用了设问句开篇：老子西出的"关"是函谷关还是大散关？接下来，引述了许多史料中的记载，从司马迁的《史记》，到东晋葛洪的《抱朴子》，从《宝鸡县志》，到《秦都邑考》，无不证明着一种观点，即老子是在大散关下完成的不朽之作。看着文章，脑子里涌现出一幅老子骑青牛、由东向西游走关中的画卷。我不由得相信了这些说法。假若真是如此，无疑将把宝鸡的历史文化提升到一个新的高度。

其实，大散关为世人所知，并不是因为老子是否在这里著述了《道德经》，而是由于一首诗名扬天下的。这首诗是南宋诗人陆游写的《书愤·其一》：

早岁那知世事艰，中原北望气如山。
楼船夜雪瓜洲渡，铁马秋风大散关。
塞上长城空自许，镜中衰鬓已先斑。
出师一表真名世，千载谁堪伯仲间。

这首诗是公元一一八六年春，陆游闲居家乡时所作。时年诗人已是六十二岁的老人。在此之前，陆游曾披甲执戈，亲临大散关与金兵对阵，意欲进兵关中一统中原，无奈偏安一隅的南宋王朝早已不知亡国恨，在这种情况下，诗人只得解甲归田。由此诗可见陆游当时的郁愤之情。"铁马秋风大散关"从此成就了散关之名望。

据说，历史上发生在大散关的战役不下七十余次，包括秦末韩信"明修栈道，暗度陈仓"的军事传奇，也包括曹操西击张鲁之战，还包括被列为影响中国的百次重要战争之一，也发生在大散关附近的宋金和尚原大战。

公元一一三〇年，金兵南下攻打南宋，狼烟卷到了大散关。南宋守将吴玠、吴璘扼守大散关不远的和尚原，使金兵第一次遭到宋军的大规模抵抗。第二年十月，金兀术亲自出马，率军十余万，架浮桥，跨渭水，与宋军对峙，准备决战。

吴玠、吴璘兄弟以有利地形，选强弓劲弩分番迭射，弓矢连发不绝，繁如雨注。并用骑兵断全军粮道，连续抗击三天，双方交锋三十多次。最后，金兀术中箭负伤，狼狈逃走。宋军一洗"靖康之耻"，稳固了南宋偏安江南的局势。这次大捷初步奠定了南宋王朝与金国东起淮水、西至大散关的分界线。

出大殿，沿山路再上，可直达山顶。行不过半，已是气喘吁吁，大汗淋漓。虽已至秋，然时在中伏，暑气依旧。因身体之故，便放弃了余下的路程，略作休息，启程下山。

韩女士见我等归来，笑着迎上前。她告诉我，出大门右拐，沿路往上行走五十米左右，路边岩石上有赵祖康先生手书"古大散关"碑刻，这是当年修路时先生考证过后留下的墨宝。我欲前往观之。韩女士担心我不好找，又担心我的安全，于是她在前边带路，顺着路边一起前往。

再次回到大散关门前，我与她话别，感谢她给予的知识，更感谢她热情接待。当我准备付给她讲解费时，她笑着拒绝了。她说，我们是在交流，她热爱宝鸡，更喜欢来大散关行走的人。

2020/8

访名人故居记

能代表台北文化符号的元素很多,"国立"故宫博物院、诚品书店、妈祖庙,等等。名人故居也是其中的一例。

由于历史的原因,台北各处散落有许多保护完好的名人故居,比如于右任故居、阎锡山故居,再比如张大千、余光中故居,还有胡适之、林语堂、梁实秋、傅斯年、钱穆的故居,等等。当然,还有明星们的故居。

我是绝无时间把它们都走上一遍的。我给自己找了个看似说得过去的理由,用这个理由去选择该去哪所故居,不去哪所故居,这个理由是:一定是大师,读过他(她)写的书。由此下来,林语堂和胡适之先生的故居自然成了首选。说来惭愧,因为读书少,才有了这样荒唐的想法。

"先生"是一本书

林语堂先生的故居坐落在阳明山的半腰处,

仰德大道二段141号。在院子门口,从门外向里张望,一座白色的建筑最先进入眼帘,平房、暖白色的墙体、宝蓝色的琉璃瓦顶。这种色调看着有些熟悉,似曾在哪里见过。房子左边的空地上支着三把遮阳伞,伞的下面摆放着桌子和一些藤椅。院子四周绿树花木成荫,有棵大榕树长在房子入口的不远处,树冠茂密,恰好可以遮风挡雨。一片翠色中,白色的房子显得安静而和谐。

来得有些早,院子里空无一人。担心惊扰了院子的宁静,我放轻脚步,朝着白房子走去。在房子的入口处,一名身着民国学生服饰的女孩接待了我们。她柔声细语地说:是来参观"先生"故居的吗?我说是的。她接着说:这里是要收取费用的,一人三十元台币。

办完手续后,我打量了一下四周,感到有些惊诧,发现这所房子是蓝瓦白墙,拱门回廊,说不上是哪国或哪个民族的建筑风格。

女孩好像猜出了我的疑问,她对我说:"这是座中西合璧式的四合院,是按照'先生'的想法设计建造的,包括院子的设计也是如此。"

"真是别具一格。"

"'先生'是很满意的,'先生'曾经形容这座宅院是:宅中有园,园中有屋,屋中有院,院中有树，树上有天，天上有月，不亦快哉。"

"还真是的。"我边听边自言自语道。

女孩像是受到了鼓励，话多了起来：

"门口处正对着的屋子是餐厅，餐厅外面是一个大阳台，阳台是'先生'常来的地方，晚饭后，'先生'最喜欢坐在藤椅上，口含烟斗，欣赏夕照沉没于山际的时刻，有时还会站在这里眺望淡水河，一会儿你们也可以体验这样的闲情。"

原以为女孩是这里的讲解员，问过之后才知道，她是一名在读的大学生，喜欢读林语堂的著作，是个"林粉"。她常来这里做义工。我很感谢她刚才的介绍，也邀请她继续给我做些讲解。她愉快地答应了。

她说，能来这里参观的客人多是喜欢"先生"的人，一般会自己静静地看，如果需要，她也可以帮助讲一下。

我发现，她讲了这么多话，绝口没有提到"林语堂"这三个字，而是一口一个"先生"，从她的语气和面容中，能看出她对林语堂先生是发自内心地热爱，由衷地尊重。我便也改了口，学着她的口气说道："我读过几本'先生'的书，也看过一些'先生'的介绍，能否讲点有趣儿的，不甚了解的故事呢？"她笑着点点头。

女孩带我来到四合院的中央,指着周围的建筑说:"刚才您说这房子别具一格,是对的,应该再补充一句,独具匠心。"她停顿了一下,接着说道,"这种色调的建筑,在台湾和大陆总共有三处,一个是台北的中正纪念堂,一个是南京的中山陵,再一个就是这里了。"听她这么一说,我恍然想起来了,怪不得似曾相识呢。

她接下来的话使我吃惊不小。她说,"一九七六年三月二十六日先生在香港去世,后移灵台北,长眠于故居的后园中。"我吃惊,一是因为"先生"就在这院子里,并没有走远;二是因为如果把中山陵、中正堂和这里联系起来,似乎有某种建筑风格上的巧合。或许"先生"生前早有预料,只是没说罢了。我被自己的想法吓了一跳。

女孩对这里很熟,熟悉到对每件器物都能讲出故事来。她还不时提出一些问题考考我们,比如,条桌上放置的青铜鼎,"先生"是用来做什么的?为什么"先生"设计的书桌会有一个半圆形凹陷?在"先生"家的餐厅,女孩问我们有什么发现。

"只有一把带扶手的椅子。" 我说。

"还有呢?"

她让我们看看这些椅子的靠背上有什么。

"有一个篆体的'凤'字。" 我说。

"对的,猜猜那把带扶手的椅子是谁坐的?"

这下难住了我。女孩见我猜不出,便微笑着说道:"那把带扶手的椅子是夫人坐的,篆体的'凤'字是先生设计的家徽,取的也是夫人名字的一个字。"我心想,"先生"这么宠爱媳妇啊。

站在阳台远眺淡水河时,我问了女孩一个问题:"'先生'年届七旬回台定居,真的是因为落叶归根吗?"她回答说是的,是这个原因。我说,"先生"一生信奉老庄,喜欢逍遥自在的生活,不受约束,也不愿管教他人,苏东坡是他心中的榜样,不然的话他早就回国高就了,况且,他长期生活在美国,已经习惯了西方的生活。"那他一定是受到了什么不公正,回来隐居的?"女孩快言快语。"是什么原因呢?"女孩又嘟囔着问我。我说:"我也不知道。"女孩皱着眉头说:"好复杂,像是本小说。"她的话倒是提醒了我,对呀,"先生"就是一本书。

告别了女孩,顺着房子旁边的栈道下到了后院,在"先生"的墓碑前静默了一会儿,墓碑上摆放着一束鲜花、一杯咖啡。咖啡是"先生"生前所爱,这里的工作人员每天都要给"先生"倒上一杯。"先生"离开人世已经有四十多年了，站在院子里，我仍然能够感受到"先生"的存在，能够闻到一种味道，一种只属于"先生"的味道。

"先生"不朽

当一阵暴雨停了的时候，我走入了位于台北南港区的"中央研究院"。问了门口的守卫，又问了一个急匆匆的路人，在一片楼房的空地处看到了一幢中式的平房，路边一块石墙上题有胡适纪念馆。

胡适纪念馆分为三个部分，陈列馆和故居紧挨着，在研究院里面，墓园则在研究院对面的小山上。

陈列馆是一个不大的平房。一进门，最先看到的是一幅硕大的照片，先生坐于桌前，身着白色短袖衬衫，一手执毛笔，一手伏案。先生脸颊消瘦，头发花白，抬着头，笑眯眯的，一副亲切慈祥的神态，那样子好像在说："我是胡适，欢迎到我家做客。"在人们眼里，大师们通常是不苟言笑、一副老学究的样子，常人难以接近，此时，这张照片恰恰反映了先生诙谐直白、温文尔雅的人生态度。看到这张照片，仿佛感到先生就在身旁，正儒雅地注视着你。

照片的两侧分别是先生题写的诗句,右边是:远路不须愁日暮,老年终自望河清。左边是:万山不许一溪奔,拦得溪声日夜喧;到得前头山脚尽,堂堂溪水出前村。前两句出自明末大思想家顾炎武的诗《五十初度时在昌平》。后四句则是南宋诗人杨万里的七言绝句《桂源铺》。言为心之声,娟秀端庄的书体使人赏心悦目,由此也透露出先生内心的平静和"不畏浮云遮望眼"的高远追求。

先生是哲学家杜威的学生,留美归国后,即受聘北京大学教授,时年不到二十七周岁。一九一七年,先生率先发表白话文体诗歌,成为新文化运动的先驱。先生做过国民政府驻美大使、北京大学校长。先生不仅著作等身,而且研究涉猎的范围极广,在新文学、历史学、哲学等许多方面皆为开山之人。他一生获得过三十六个博士学位,曾经被提名为诺贝尔文学奖候选人。在我有限的知识里,先生是我最推崇的学者,可谓是大师中的大师。

之前,曾读过一篇柴广翰先生介绍胡适先生的文章。文章以"民国大先生,世间真君子"为题从九个方面记述了胡适先生做人做事的一生。读后深以为是。在陈列馆里我看到了先生生前的事迹介绍,包括文字、图片、实物和先生题写的诗句。从另一个层面佐证了柴先生所言。

一九六二年二月二十四日,胡适先生因突发心脏病溘然长逝。先生出殡时大批市民自发上街送行,谓之万人空巷。先生的一生"誉满天下,谤亦随之"。随着时间的推移,人们越来越感受到先生的文字和理念具有的穿透力,依旧能在后人心中引发共鸣。这种共鸣就是不朽。先生不朽。陈丹青说,"先生完全是学者相,完全是君子相";唐德刚评价先生是"谦谦君子,温润如玉"。众多的评价中,有一个评价最为客观,先生是"新文化中旧道德的楷模,旧伦理中新思想的师表"。

参观完陈列馆,从旁边的一个侧门进入先生的故居。有工作人员陪着,并一再叮嘱,屋子里不能拍照。据说,屋子里的陈设依旧是先生逝世时的模样,一样东西都不曾挪动过。我感到有些压抑。看过后,由故居的正门而出。

再次回到路边的石墙前,天已经放晴。忽然发现"胡适纪念馆"几个大字下方留白处还印有先生的一句名言,随手拍了张照片留作纪念。先生的墓园坐落在研究院大门对面的小山上,这座小山已改名叫胡适公园。看看天色已晚,打消了去墓园拜祭的想法,算是个遗憾吧。

一路上在沉思先生说过的两句话：要怎样收获，先那么栽；昨日种种，皆成今我。

2018/7

游净业寺有感

十月二十八日,周六,适逢农历重阳,恰又风和日丽,秋高气爽。余居滈水旁,远眺南山,见层林尽染,秋色浓郁。兴起,遂独行,进山登高。

沣峪口东侧山岭,名后庵山,半腰建有寺院,曰净业寺。寺乃汉传佛教八宗之一律宗祖庭,与兴教寺、香积寺、华严寺等齐名。行至此,观游人稀少,敞门纳客,便不再前行,意决游净业寺。登山与游寺一举两得。

西安城内及周边寺院众多。与一些寺院有缘,时常走动,诸如西北城角之广仁寺、鄠邑之草堂寺、地处繁华商区之兴善寺,等等。其中,尤喜终南山下寺院,如兴教寺、香积寺。因由简单,一是清静,游人稀少;二是不售门票。净土一方,全无市侩之气。

净业寺创立于隋开皇年间,距今一千五百余年。高僧道宣在此建寺,守法护法弘法,开宗明义,研习传播戒律,弟子达上千之众。然,凡间祸乱殃及于此，其不能幸免，一度荒废于野。二十世纪八十年代重修，终成规模。

据载，净业寺山门是建筑大师张锦秋先生设计，门墙和山墙均由花岗岩石堆砌而成，典雅无俗，庄重含威。山门正上方三个金色描金大字"净业寺"由南怀瑾先生题写。山门背面的题跋"依无上觉"出自赵朴初手笔，字体饱满，笔法遒劲。

进得山门，便是一条石阶路，上百级不止，且台阶较高。路，蜿蜒迂回，盘旋曲折。行不多时，气粗，汗出，腿沉，停停走走。沿途，立有多处宣传栏，内容与佛法相关。秋叶铺路，算是一种迎接方式吧。

天王殿前建有小广场，四周石条凳环绕，供游人歇息。一株老槐挺立路边，树身钉有一小牌，上书树名及编号。告知后人，此树受法律保护，但年代未详。天王殿，青砖黛瓦，门楣悬挂"依法护法"匾额，两侧立柱挂楹联，题："回首依依穷奢极欲歌舞繁华大梦场中谁识我，到此歇歇风清月白梵呗空灵高峰顶上唤迷徒。"殿内正中供奉的是弥勒法身，四周立四大天王。天王殿后为大雄宝殿，古朴肃穆。正中供奉释迦牟尼佛、药师佛和弥陀佛。东边有文殊菩萨像，西边有道宣和尚画像一轴。

寺依山势而修，建筑小而精。大雄宝殿东为僧人饮食之处，空地一角设有饮水处，一台电热水器，为游人提供便利。绕过厨房，有路通山顶，与青华山相连。

归家途中，忆起刘禹锡《陋室铭》语："山不在高，有仙则名。"以戒为师，佛法永存。净业寺可来，常来，一则净心，二来自省，三为健体。游净业寺，吾之幸也。

2017/11

游庐山小记

从庐山下来,想着要写篇游记,琢磨了几日,竟然起不了笔。困惑之时,想起东坡老先生的名言:不识庐山真面目,只缘身在此山中。这才是问题所在。

之前,对庐山的认知来自书本。知道庐山是一处避暑的好地方。夏季,当山下的九江酷热难耐,如蒸笼一般的时候,庐山上却是爽风拂面,夜晚可以安然入睡。庐山与北戴河、鸡公山和莫干山并称四大避暑胜地。

我还知道文人墨客喜欢来庐山,这里的山水似乎带着某种灵性,可以使他们文思泉涌,留下不朽的诗篇。像陆游、王羲之,如李白、白居易,包括苏轼、朱熹,等等,就连刺配江州的宋江到了此地亦是豪情壮志,在浔阳楼上留下了一词一诗,成了小说《水浒传》中较为精彩的一章。

总觉得,庐山是座诡异的山。有诗云:"江上有奇峰,锁在云雾中;平时看不见,偶尔露峥嵘。"这是一首再现庐山情景的写实诗,把庐山的风云变幻、诡异奇观用朴实无华的语言表达了出来。与此相呼应,另一首诗更是如此:"暮色苍茫看劲松,乱云飞渡仍从容;天生一个仙人洞,无限风光在险峰。"这两首诗是谁写的无须说明,关键在于如何解读。如果仅是描写景物,那么这两首诗充满了才情、诙谐;如果与当时的历史背景联系起来,那么这两首诗又有着非凡的睿智隐含其中,似乎是在交流着什么。

说庐山诡异还因为它的地貌。一望无际的鄱阳湖边忽地拔起一座虚无缥缈的山峰,这座东西长二十五公里、南北宽约十公里的山峰,与周围的平原相比显得突兀,犹如一座巨大的屏障拱卫着长江,守卫九江市和鄱阳湖。白云缭绕,山峦叠翠,初到此地的人会有种惊诧,莫不是到天堂边上了?

我对庐山感兴趣,不是为了来这里消暑。于我而言,这是奢侈的举动,况且,解决得了一时之欢,终是解决不了一生所需。我也不羡慕那些曾经在此生活过的文人骚客,虽然他们活得洒脱,活得有气节、有傲骨,但仔细想来,他们中的哪一个不是俗称的"官二代""富二代"呢?有权任性,有钱也可以任性。任性是需要资本的。

我读有关庐山方面的书，更多的是想了解一段历史，满足好奇心。

公元二〇一七年六月十一日早七时三十分，我，并应才兄、小刘三人驱车从九江市出发，开始了雨中游庐山。

山门口的游客中心，明码标价："人员进山费每人180元，旺季价格；车辆进山费每车45元。""真够贵的。"三个人都这样认为。国内旅游，最受不了的花销是门票。今天是三星景区，过上一年半载，变四星景区，过几年再来，变五星级了。星级增加，意味着门票涨价。国内旅游已经失去了旅游原有的意义。

有若干导游在山门口拦车，问需不需要讲解。这种现象大凡好点的景点都有。三人商量了一下，决定还是请一个的好，不然雨雾天，哪是哪儿都分不清。

上车后，导游自我介绍她姓王，让我们叫她王导就行。一路上，我们问了些问题，诸如：李白诗里的那条瀑布远不远？仙人洞能去吗？美庐有人住吗？等等，一副刘姥姥进大观园的模样。王导回答了我们的问题，但有些勉强，往往我们问什么，她回答什么，不太主动介绍。当她趁着间隙用方言通电话时，我隐约感到，我们被"卖"

了。果然，过一会儿，她对我们说：她老公今天晚上加班，她下午要去接孩子，不能陪我们游了，但她已经和山上的钱姓导游说好了，由她带我们游。真让我猜对了，谁知道真假呢？既已如此，我们也不便说什么，笑着调侃道，必须是个漂亮年轻的。

世间有一些事，如果不是什么原则性的，大可一笑了之，不必较真。况且又是在外地。

车在雨雾中绕行，忽明忽暗，一会儿雾开了，一会儿雾聚了，只觉得两边林木茂密，其他的什么也看不清。

王导指挥着车在一处平地停了下来，只见一个年轻的女孩朝车走过来，不用介绍就知是钱导了。两个导游简单交接后，钱导带我们去了今日的第一个景点，含鄱口。钱导说，含鄱口是指从此处可以观看鄱阳湖，是庐山观日出最佳的地方。站在含鄱亭，右边远处是庐山最高峰汉阳峰，左边则是著名的五老峰，两峰如一个张开的大口，把鄱阳湖含在口里。天气好的时候，清晨，一轮红日从鄱阳湖面冉冉升起，此时，霞光四射，水天尽赤，江山如此多娇，仿佛是一幅绚丽多彩的画卷。钱导讲得人心痒痒，可我们什么也看不见，远处一片白茫茫的。钱导看出我们失望的表情，忙说，庐山多数时间是这个样子的，一年里没有多少晴好天，看不见是正常的。绝佳的风景如同上乘的武功，是不会轻易露出真容的。走马观花似的来一回庐山，怎敢存此奢望，心不诚嘛。

稀里糊涂地乘车随着钱导来到又一处景点，说是看瀑布。问她，是否李白诗里说的"疑是银河落九天"那个瀑布？她笑笑说：不是，但差不多，去那里路远，下雨不好走，这里可以坐缆车的。冒着大雨坐了近二十分钟的缆车，下来后又走了一段下山的小路，至沟底，发现一条瀑布隐约着从天而降，甚是壮观，旁边一牌子写着：石门涧瀑布。可惜了相机，完全发挥不了作用。返回山顶时，我竟然在缆车上迷糊了一会儿，雨天出行，要比平时付出更多的精力和体力。

我发现，钱导挺能聊的，人也热情，中等个头，不胖不瘦，一张南方女孩子特有的秀美脸庞，虽说已是孩子的母亲了，依然蛮漂亮的。从我们的对白中，我猜想，她应该从事导游许多年了，非常熟知九江和庐山的景点知识，张口即能道来，其中，还有许多典故。去芦林一号参观的路上，她讲了一段我从未听到过的历史，介绍庐山的书籍中也很少提到。她说，九江最早的房地产开发是从庐山开始的。她见我们好奇的样子，便接着说道：开发商还是个英国传教士，是个小伙子。我们忙说，说来听听。她莞尔笑道，吃饭时说吧。"你这是想让我们请客啊。"我也开玩笑说道。

芦林一号是座四合院式的别墅，建于一九六一年，使用石头和钢筋混凝土相结合整体浇制而成，是毛主席第二次上庐山时休息和工作的地方。整个别墅建筑面积二千七百平方米，庭院占地一万多平方米，院子幽深，名贵的花木精巧地分布其中，这是庐山上最大的别墅。在院子的坡坎前有个人工湖，是毛主席游泳的地方，也被称为芦林湖。

芦林一号自一九八五年起已经改为了庐山博物馆，芦林湖从一九七八年起改为庐山上的水源地，禁止下湖游泳。时过境迁，物是人非，历史翻过了一页，相信不会有什么人再在庐山开会了。芦林湖也不见了游泳者的身姿，没有了往日的热闹。一切终究要归于平淡的。

中午的时候在庐山上一家餐馆用餐，选庐山上的芦笋、石耳和鄱阳湖的鱼做食材，点了四个菜，厨师的手艺还可以，价钱也能接受。当吃得差不多了，我说，钱导该讲故事了。钱导大方地说，行。

只听钱导说：

"从前，庐山上除了少数山民猎户外，极少有人家居住，因为无法耕种。更多的是庙宇寺观，有游人到此，多也是借居在庙观之中，从没有人想着在山上盖几间房子出租，或出售给游人，像陶渊明那样'采菊东篱下'，过着悠闲生活的人是极少见的。

"九江夏季的热不是现在才有的，同样，庐山夏季的凉爽也不是一天两天了。面对热，外国人与中国人做法不同。外国人，主要是传教士，他们跑到庐山，发现这里太凉快了，于是想着法子与山里的寺院、道观熟悉，买点庙产作为自用，或者盖个别墅。

"一八八六年，英国传教士，也就是起了个中文名字叫李德立的来到了庐山，那年他二十二岁。他也是来买地的。在遭到了几次失败后，他独自进山找地，当他看到牯牛岭东谷一带地势平缓，林木茂盛，觉得这是一个绝佳的避暑地方。于是他用尽了各种手段，把这块面积达四千五百亩的土地租了下来，租期九百九十九年，每年象征性地交点租金。这个有头脑的外国小伙子，请人勘测，规划，把土地再划分成若干小单元向外租售，于是乎，李德立大发其财，各国商人、传教士纷至沓来，造型各异的别墅在牯牛岭上如雨后春笋般地建了起来。

"你们说，庐山的房地产开发是不是从老外开始的？"钱导讲完，笑着问我们。

我"噢"了一声算是回答。我问钱导："那后来租约是如何解除的？别墅又给谁拿去了？现在那些别墅的命运如何呢？……"一连串问题只得到了她三个字的回答：不知道。

饭后，去参观著名的美庐，但大门紧锁着，这里正在维修。又去看了看庐山抗日图片展，也是游人稀少。此刻，庐山上依旧是雨时大时小，雾时淡时浓。或许是累了的缘故，游览的兴致一下子降为零，脱口而出："回。"俩同伴竟也是一致同意。也顾不得走这条路线那条路线了，原路返回，只要不迷路就好。

告别了钱导后，我们开始下山。车路过芦林湖时停了会儿。但见湖水青黛，湖面平静，湖中立一小亭，亭子顶端鹅黄色的角楼煞是醒目，据说，那就是为游泳休息时用的。

下山的路上我想起件事，忙说："仙人洞还没去呢！"他们俩说："算了吧，去了也看不清啥，无限风光放到下次看吧。"说罢，我们三人哈哈大笑。下次吧，留下点遗憾也好。

2017/6

游九江记

一路从武汉过来,结伴而行的还有总也停不下来的雨。

临近九江,雨小了许多,云层却厚得有些吓人,感觉乌云随时都有掉下来的可能。

恐怖,压抑,沮丧。

行进中发现,远处冒出一座高大的斜拉桥,是横跨长江上的九江二桥。笔直的钢柱像是威武的战士,昂首挺立。那些捆绑在它身上的一道道钢索犹如一张巨大的网,阻隔着乌云的下坠。在柱子顶端竟然散开了一个口子,露出一丝光亮。

"天塌下来真有大个子顶着呢。"我自言自语道。

过了桥便进入了九江市区。

来过江西多次,或公务,或旅游。井冈山、龙虎山、三清山都曾到访过。在滕王阁上,我期许能望见"落霞与孤鹜齐飞,秋水共长天一色"的美景。在婺源的汪口、李坑、篁岭,我用心感受过中国最美乡村的生活。在景德镇的古窑，我用土法烧制的瓷碗品过"狗古脑"茶。即便是在偏远的赣南，我也曾参观过新农村建设的成果。说来，似乎独与九江缺少机缘。

九江是一座有着悠久历史的文化名城。这里有长江，有鄱阳湖，有庐山，有东林寺，有白鹿洞书院，还有众多的人文古迹与故事传说。游九江，需要静心地游，闲游。与九江多次擦肩而过的原因也就在于此。

今年，年休假目的地选择了九江，时间安排上也是想趁着暑期前学生未放假，高考刚结束，旅游人数相对较少之际。专程去九江，去领略那神交已久的大江、大湖和名山。

九江，是一座不缺少故事的城市。失意的白居易在这里留下了千古绝唱《琵琶行》，其中那句"座中泣下谁最多，江州司马青衫湿"更是不知感染了多少人。唐宪宗元和十年（815）六月，年届四十四岁，一心想兼济天下、有所作为的白居易因言获罪，遭受排挤，被贬江州（九江市）。在这里，任职江州司马的诗人非常孤寂，他把满腹的家国情怀倾诉在了二百多首诗篇中，留下了许多不朽的佳作。

与白居易同样失意的还有及时雨宋江。古典

小说《水浒传》第三十九回，宋江刺配江州，他坐在浔阳楼里喝酒解愁，想着自己该何去何从，愈发地愁上加愁。俗话说，酒壮英雄胆。在江风的吹拂下，宋江激愤难抑，提笔在墙壁留下了一词一诗："自幼曾攻经史，长成亦有权谋。恰如猛虎卧荒丘，潜伏爪牙忍受。不幸刺文双颊，那堪配在江州。他年若得报冤仇，血染浔阳江口！"写罢，甚是欢喜，又起笔写下了四句诗："心在山东身在吴，飘蓬江海谩嗟吁。他时若遂凌云志，敢笑黄巢不丈夫！"随后，他大笑而去。

在九江，失意的何止香山居士和宋公明二人？陶渊明"采菊东篱下，悠然见南山"不也是失意后的自解吗？还有……

九江的故事不仅与历史名人相关，还与中国近现代史上的重大事件有关。子曰：逝者如斯夫。乾坤流转，岁月沧桑。今日九江，庐山雨雾依旧，而那些曾经轰动的故事已经淡出了人们的视野。

冒雨赶到了江边，沿江寻找浔阳楼。

猛然间，发现一座高塔矗立在江边，塔下建有楼台，以为是浔阳楼到了，走近方知是"锁江楼"。之前，并没有听到过有这样一座楼。路过的景点，来之，安之。

锁江楼的大门口有三个服务员正埋头盯着

手机，我们的到来似乎打搅了她们，像是不速之客惊了这里的宁静。

"到那边买票去。"其中一个女人说道。

看她不耐烦的样子，我苦笑一下，心想，许多人干着不喜欢的工作，又苦于各种压力不得已而为之，活得累也就在于此了。

购票入院。院子里静极了，不见一个游人，倒也畅快。登楼远看，雨中的长江与往常没有什么不同。院中的文峰塔和锁江楼建于明万历年间，耗时十八年建成，目的是要锁住长江蛟龙，不闹水患，保九江平安。

继续沿江而行，步行十分钟左右，便找到了浔阳楼。或许是雨天的缘故，游人亦是稀稀拉拉。在四周转了转，便去楼上看长江，与在锁江楼里的感受差不多。

浔阳楼既不高大，也不富丽，倒是顶楼墙壁上一幅书法作品颇引人注目，近前细观，始知，正是传说中宋江酒后提写的"反诗"，当然，这不会是真迹了，至于是不是宋江的手迹也难说。字体洒脱俊逸，流畅有力，一气呵成。落款处"郓城宋江"几个字充满了自信。可以想象，当时宋江是何等的激情。

屋子里摆了几张八仙桌，旁边一间小房子门

口挂着"酒"字招牌,似是个酒肆。进去一问,果真如此。我与一个卖酒的中年女人聊了起来。我说,她挺会做生意的,居然在宋江喝酒的地方卖起酒来了。她说,这是老板的门店,她只是看摊子。我说,何不建议老板准备上几道小菜,游人一边大口吃肉,一边大口喝着宋江曾喝过的"酒",或还可以准备些笔墨让客人随兴命笔,如此,岂不快哉!生意也不至于这么冷清。她说,管理部门不让搞。听她这么一说,我不好言语了,而是买了一瓶价格适中的酒,预备着夜晚尝尝。

其实,浔阳楼建成之初,本就是一座酒楼,这从苏东坡为浔阳楼题写匾额的传说中可略知一二。苏东坡原是要写"浔阳酒楼"的,不承想竟漏写了一个"酒"字,于是将错就错,便有了现在"浔阳楼"这个名字。宋江写反诗是在酒后兴起,这不也正好说明这里曾经是个酒肆吗?

我边付钱给卖酒的女人,边问她,白居易《琵琶行》里送客的地方也是在这里吗?她说,她也不知道。我有些失望。这失望不是对她的,而是觉得,这么好的文化题材,旅游部门怎么没能开发呢?我是在为找不到"主人下马客在船"的地方失望,为浔阳楼失望。

游九江,不能不去白鹿洞书院。

雨没有任何要停下来的意思，甚至还有些下得更大了，雨伞已经只够罩着头了，身上渐被淋湿。我开玩笑说，今儿是遇到雨神了，参观神圣的地方总是要沐浴的。坐落在庐山脚下的白鹿洞书院完全被茂密的林木所隐藏，不经导航指引很难找得到。

白鹿洞书院又称白鹿书院，与登封嵩阳书院、长沙岳麓书院、商丘应天府书院并称中国古代四大书院，距今已有一千余年的历史，有"海内第一书院"之誉。

书院的兴起与唐王朝结束后的乱局有关。自历史进入五代十国，至宋赵匡胤重新统一中国，其间经历了七十多年割据和改朝换代。兵荒马乱，战火不断，枪杆子里面出政权，一直沿用的国家教育体系，即官学制度遭到严重破坏。即便如此，古人诗书传家的风尚并没有丧失，一些饱学之士开始兴办私学，他们开坛讲学，收授学生，一时间儒学大兴，许多地方又可听到风声雨声读书声。四大书院，以及其他的书院应运而生，白鹿洞书院即是其中开办较早、规模较大的一个。

白鹿洞书院已经听不到读书声了，在这里，更多的功能是让后人来感受先贤们过往的历史。

来九江，不管你是否信奉佛法，东林寺是

一定不能舍弃不去的。这是佛教净土宗的发祥地,是由净土宗初祖东晋慧远和尚创建于公元三八四年,距今已有一千六百多年的历史。据史书载,东林寺建院要晚于西林寺,西林寺由慧远的师兄慧永和尚创建,但慧远天资聪慧,熟知佛经,兼又洞悉市井生活,他提出"心中有佛即是佛",以"持名念佛"方式,打开了佛教通往民间的大门,奠定了佛教民间化的基础,在中国佛教史上具有里程碑式的意义。东林寺与西林寺相距不过几百米,慧远、慧永被誉为佛界一代宗师,他们为"佛教的中国化和中国化的佛教"做出了巨大贡献。

我不懂佛法,不敢妄下诳语。但我知道,佛法是引人向善的。坊间有言:世上多一座寺庙,人间就少一座监狱。

两座寺院仍在恢复建设中。西林寺也改了名,叫作西琳寺,林与琳同音,却不同字,一字之差,性质大变。西林寺由和尚庙堂变成了西琳寺尼姑庵院。修佛不分男女,修行却是要分开的。尘埃之事,眼不净,则心不宁。

在西琳寺看到了一块石碑,碑上题刻着苏东坡的一首诗《题西林壁》。诗云:横看成岭侧成峰,远近高低各不同。不识庐山真面目,只缘身在此山中。诗是非常熟悉的,张口即出,却很少细细品味。此地此刻,再重读小诗,忽然有种不同以往的韵味。人生弹指一挥间,世间事,缘起缘灭,心若不净,烦恼自来。跳出三界外,不在五行中,便是这个道理。

离开西琳寺时雨水小了。游九江原是想趁着游人少时慢慢闲游,细细品游,谁曾料到,行程却因为遇到梅雨时节而十分辛苦和不便,真所谓"人算,不如天算"。雨中游九江,别有一番滋味。世事,一切顺其自然就好。

2017/6

阿里 阿里

引言

2019年6月11日至18日，受单位委派，专程去了一趟西藏阿里。刨去路途上花费的时间和在拉萨做适应性过渡用去的时间，在阿里实际停留了四天。

四天里，我实地走访了札达县的札布让村，普兰县的科迦村、西德村，走进村委会、村办企业和农牧民家里；拜会了阿里地区发改委主要领导；与札达、普兰两个县发展改革部门领导深入交谈；结识了丹增、多旦、普多、努觉、欧珠、加措、司机索南和专招生小王等藏、汉基层干部。同时，专门抽出时间去烈士陵园祭拜，并与援藏干部座谈交流。

在走访调研座谈中，我深刻感受到藏区农牧民对党和国家的热爱，感受到了藏区干部职工的觉悟和爱边疆、守边疆的干事创业的热情，感受到了藏区发生的巨大变化。所见所闻使我深刻地认识到国家对口支援西藏政策发挥的巨大威力和起到的作用。这一切深深感动影响着我,鼓舞着我。

返回单位后,顾不得休息即投入到了繁忙的工作之中。空闲之余,在阿里遇到的人和事儿总是从记忆中跑出来,他们的形象和事迹久久不能忘怀。总想找机会把自己对阿里的情感用文字表达出来。十多天了,随着时间的流淌,这种欲求越发地强烈。终于有了一个清闲的周末,夜静之后,伏案疾书,一气呵成此文。至清晨边改边读,于己再生感动。

西极之地

拉开窗帘,发现天气变了。早晨,抬头可见的雪山此时不知道跑哪儿去了,楼下那排班公柳也像是醉了一样,摇摇晃晃,全然没有了以往娇俏的模样。

记得,昨晚沿着狮泉河散步,天气还是晴朗的,夕阳散落在建筑物上留下斑斑金色的印迹。当时,我朝着雪山挥手,自言自语道:明早要走了,希望还有机会再见。我拍了照片,顺手写了几句话,一并发了朋友圈。我说:"傍晚九点钟的阿里,彩云映雪山,夕阳照新城,冷风吹狮泉,河水荡碧波。祖国强大,人民安居乐业,为援藏干部点赞。"直到河岸边的灯全亮了,我才回去休息。

此刻,我望着窗外,心里想,天气咋就变了呢!难道这是当地一种表达挽留的方式?边民、边疆、国碑、神山、圣湖、牦牛,荒芜的戈壁,枯黄的草甸,缥缈的云雾,悠闲的野驴,一幕幕,一场场,入藏以来的经历如同电影般在脑子里闪现。

临来阿里,我查了一些资料。从地图上看,阿里在国土的最西端,有"西极之地"的称呼。即便是对于拉萨而言,阿里也是遥远的西部,与内地相距更是万水千山。

阿里,世界屋脊的屋脊,平均海拔四千五百米以上,气候恶劣,空气稀薄,人烟稀少。阿里,拥有"万山之祖"的美誉,喜马拉雅山脉、昆仑山脉和冈底斯山脉相聚于此。同时,它还号称"百川之源",是雅鲁藏布江、印度河、恒河的发源地。独特的高原风光,浓郁的民族风情,神秘的藏传文化,以及由新疆进入藏北的解放军先遣连事迹,这些无不使我充满憧憬。当然,这次专程去阿里最直接的原因,是那里有我的同事,他已经援藏三年了,应该去看看他。阿里当地有句谚语:"这里的土地如此荒芜,通往它的门径如此之高,只有最亲密的朋友和最深刻的敌人,才会前来探望我们。"我是作为最亲密的朋友准备去阿里。

实际上,去阿里我挺犹豫的,是那种有些恐惧、加点担心、再添点向往的心态。毕竟是"三高"之人,况且年纪也不小了,着实担心高原反应。在拉萨过渡的那两天,我依然纠结于此,在去与不去之间矛盾着。我随身携带了一个腕式血压计,一天总要量上几次,同去的伙伴也是一样,大家做着同样的事情。我们观察体验着身体各个方面的情况:心跳加快、血压升高、腹胀、失眠,等等。来藏之前灌满耳朵的各种危险性的词汇,伴随着身体不适,不断地冒出来提醒:"秘境西藏,天上阿里"不是可以随意撒欢儿的地方,那里是与死亡紧密联系的生命禁区。

阿里的守护神

离开阿里前,我们专程去了一趟烈士陵园。陵园处在城区外的高坡上,从这里可以一览全城。陵园在整修中,一台推土机忙着平整广场,翻起的沙土细如面粉。我们深一脚、浅一脚地往里走,不一会儿鞋子变成了灰白色。到了广场最里头,接着再登上七八级台阶,便来到一片开阔的平地。

首先映入眼帘的是一大片立着的墓碑,中间是前后两座高大的黑色墓地。前面的是孔繁森烈士的墓,后面是第一支进入藏北地区的部队先遣连总指挥李狄三烈士的墓。那一块块墓碑就像是一个个昂首挺立的战士。我望着这片排列整齐的墓碑,仿佛看到了先遣连到达阿里时的样子:他们拖着疲惫的身躯,看到目标后,立刻打起精神,集合队伍,拍打身上的灰尘,整理好风纪,等待冲锋号令吹响,准备着一鼓作气解放阿里。我又似乎感到,他们不像是要进城的样子,反倒像是整装待发,再次准备出征。他们立在高坡上深情地回望,是在向这片热土致敬告别。

长眠在此的烈士,有的为阿里解放献出了年轻生命,有的为阿里的建设洒尽了热血。李狄三和孔繁森便是他们其中杰出的代表。孔繁森烈士的故事,耳熟能详,他两次进藏,日喀则和阿里的山山水水都留下了他的足迹。他因公牺牲时刚满五十岁。先遣连的故事我是三年前听一名回来休假的援藏干部讲的。随着他的描述,面前呈现出一幅场景:一片辽阔荒凉的戈壁上,一面鲜艳的五星红旗在不断向前,一支身穿土黄色军装的解放军队伍,在红旗的指引下艰难地行进着,夕阳照在他们古铜色的脸上,他们嘴干唇裂,衣服破旧,略显疲惫。这就是李狄三率领的入藏先遣连。

对于刚刚成立不久的人民共和国,西藏是神秘和陌生的。为保卫祖国领土完整,毛泽东主席发出了"解放西藏宜早不宜迟"的伟大号令。新疆军区和王震司令员遵照党中央部署,决定派出骑兵师的一团一连,以团保卫股长李狄三为总指挥,组成包括汉、蒙、藏、回、锡伯、维吾尔、哈萨克等七个民族一百三十六名指战员的先遣部队率先挺进藏北高原,为大部队进藏收集气候、水文地理、民族等情况,并做各方面适应性探索。

新疆于田至阿里首府噶大克远隔千里,横跨昆仑山、冈底斯山两座山脉,其间要翻越多座海拔超过六千多米的雪山。战士们在一无向导、二无道路的情况下,仅凭一张简略的地图和一块指南针艰难地徒步跋涉。他们以惊人的毅力,克服难以想象的困难,历经一年的时间,胜利完成进军藏北高原的任务,为和平解放西藏做出了卓越贡献。在挺进和驻守藏北的一年间,全连共有六十三名官兵光荣牺牲,其中就包括身先士卒的总指挥李狄三烈士。

我向着墓碑鞠躬,感谢烈士们的英勇无畏,是他们的牺牲才换来今日安康幸福的生活。生命未卜,信仰犹在。矗立在这里的每一块墓碑都是阿里的一座守护神。

格桑花儿开

在普兰县走访时,接待我们的人里有个"娃娃脸",一米六几的个头,一口流利的普通话,肤色比其他人白净许多,笑起来还有俩小酒窝。他总不离他们主任左右,叫干啥都乐颠儿乐颠儿的。我有些好奇。趁着一起吃早饭的间隙,我小声问他:"是藏族吗?"他回答说:"汉族。"我又问:"当地人吗?"他说:"陕西人。"我哦了一声,遇到老乡了。"陕西哪达?"我改了陕西腔。他回答:"蒲城。"这不就是乡党嘛。我有些喜出望外。"姓啥?""姓王,叫王××。""你咋来的,援藏干部?""不是,是专招生。"他看我迷惑的样子,又给我解释了一番什么是专招生。小伙子并没有觉得认识乡党有多激动,依旧是我问他答,很淡定,不多一句话。

离开普兰时,大家相互道别,我对小王说,咱们加个微信,勤联系。他说,好。当他的头像和网名出现在我手机屏幕上时，我不由得笑出了声，我对身旁的人说，这是我见到的最崇高的网名，说着，我便念出了声：共产主义接班人。大家也是一样的惊奇。他的头像是一个调皮的男孩戴着红色的头盔，头盔上是毛体的七个字：共产主义接班人。我对小王说，你真逗。小王脸有些微红。他说，他大学毕业后志愿来到阿里，又被组织安排到了普兰，他是个独生子，他认为好男儿应志在四方，这里需要有知识的青年人，趁着年轻想使自己的经历丰富一些，经历也是一种财富。看着眼前这个比我孩子还小几岁的男孩，心里有种说不出的感慨，我祝福他，相信他"有志者事必成"。

札布让村使我大为惊讶。在干渴的札达土林脚下居然有这样一个富裕的小康村。全村三十六户人家，家家清一色的藏式小别墅，独门独院。每一栋别墅少说也有二百多平方米。陪同我们的年轻人丹增说，这样的房子搁在拉萨就是豪宅了。走进村主任努觉的家里又使我惊讶不已，新别墅拔地而起，老房子还未拆除，新旧对比，变化可谓翻天覆地。在与努觉主任对话时，他脸上始终挂着笑容，处处流露出自豪而又谦和的神情。在新房的客厅里，我发现有两样物品摆放在最醒目的位置上，一个是"五代"领导人的画像悬挂在房门正对面的墙中间，另一个是在画像下面的柜子上摆满了获得的各种奖励证书，仔细看看，竟然都是自治区和国家一级的。在这些证书中间还有一幅总书记的正面照片。丹增说，这些荣誉老房子里还多着呢，地区和县一级的都没有拿过来。我招呼努觉走近些，并拿起"五一劳动奖章"证书想与他合个影，努觉愉快地答应了。合影时，我对他说，你真厉害，能干得很。他笑笑，说，这都是托党的福，我们离北京很远，但我们的心与总书记很近。听他这么一说，我顿时惊讶得合不拢嘴，一个普通的村干部能有这样的认识，他本就高大魁梧的身躯使我仰视，当时，我更感到了他精神上的高大。

其实，在阿里可以遇到许多顿珠一样的藏族同胞，比如全国文明村科迦村村支书欧珠、第一书记普多。在他们身上有许多可歌可颂的事迹，包括像我接触到的多旦、普多、丹增、小王这些八零、九零后。当然，还包括一批批默默奉献的援藏干部。

晚饭时与几个援藏干部话别，他们讲了这样一句话，听后使我极为感动。他们说："我们是从总书记家乡来的，带着家乡人民的嘱托，不能辜负总书记的期望，一定把援藏工作做好。"事实证明也是如此，陕西帮扶的两个县，经济总量名列阿里地区的一、二名。

这个季节，正是五颜六色的格桑花盛开的时候，一片片，一丛丛，甚是惹人喜爱。格桑花也叫幸福花，寄托着藏族人民期盼幸福吉祥的美好情感。李狄三、孔繁森，顿珠、欧珠，以及每个援藏干部不就像是一粒粒格桑花的种子，把幸福撒向藏北高原，在这块贫瘠的土地上开花结果。

屋外传来了敲门声，我知道，是送行的人来了。我该走了，虽然来阿里的时间有些匆忙，但我还是记住了每一个相处过的人和了解到的事情。天上阿里，更是人间阿里。愿他们珍重。

2019/6

寻古三亚

在亚龙湾天堂森林公园山顶，有家门口写着"最南邮局"的小店，窗台上一枚"北纬18"的大邮戳吸引了我。这是家卖明信片的小店。我打算给自己选张寄回去，以示纪念。

店里有位中年妇女在忙着。"来了，有啥要办的？"口音像是东北人。"寄张明信片。"我回答说。她热心帮着我选明信片，还指导着写。盖邮戳时，我问她："能收到吗？"她回答，能收到。我告诉她，六月份在阿里也给自己写了张明信片，到现在还没收到，不知哪儿出了毛病。她告诉我，如果一个星期收不到，就去邮局问问。我笑笑，没说话。我知道，那是问不出结果的，不必去讨没趣儿。我把写好的明信片仔细检查了一下，觉得没什么问题了，才投进了邮筒。投的时候心里默念：拜托、拜托，一定要寄到啊！

小店里客人不多，我坐在一角休息，捎带着与这位东北大姐有一句没一句地闲聊。我问她啥时候来的三亚。她说,好多年啦,还在这儿买了房子。我夸她能干。我让她讲讲在三亚的感受,她倒是直言快语,打开了话匣子。她说,这里东北人多,不寂寞;这里水好、空气好;但也有不好的地儿,工资低,物价高。"既然这样,咋还跑来呢?"我不解地问她。"俺们那儿还不如这里,天冷不说,空气也不好,收入不高,物价也挺贵。在这儿生活可以少得病。支出少了,就是多挣钱。"她讲得头头是道。我笑着说:"你挺会算账的。""生活不就是算计出来的吗?"她把"算计"俩字说得挺重。

她去忙了,我依然坐在那儿想她说的话。平常人家过日子谁家不是精打细算!老话说,吃不穷,喝不穷,算计不到要受穷。家庭是这样,国家也是这样,再殷实的家底也经不起折腾。

乘观光车下山,去崖州古城。按照行程,我将在三亚住上两晚,明天一早前往东方市、儋州市。实际在三亚游览的时间只有一天半。三亚可转的地方很多,像蜈支洲岛、南山寺、天涯海角、亚龙湾、大东海、鹿回头、热带天堂森林公园等景区,包括免税商店在内,都是响当当的品牌。挨个儿走一遍既不现实,也没有必要。生活中,当我们面临多种选择时,就选最迫切需要的,这是法则，与价值大小无关。我昨天下午去的蜈支洲岛，那是海上仙境，可惜许多游乐项目不能参加了。天堂森林公园和崖州古城是早早定下来要去的地方。我一向认为，旅行就是探古寻幽。如果还有时间就去三亚湾海滩走一走，吹吹海风。至于其他的景点这次只能作罢了。

于许多人而言，说起三亚，想到更多的是阳光、沙滩、椰林、海鲜以及郁郁葱葱的热带雨林。其实，三亚还有鲜为人知的一面，它的历史、它的故事。崖州古城便是其中的代表。崖州古城位于三亚以西四十多公里的崖州区崖城镇。自宋朝以来，历代的州、郡、县衙门均设在这里。一九五四年十月，崖县人民政府才由崖城搬到三亚镇，一九八四年五月崖县被撤销改为县级三亚市，一九八七年十一月设立地级三亚市。从历史上看，二十世纪五十年代中期以前，崖城一直是政治经济文化中心。到三亚来，假如不去崖州古城走走总是种缺憾。

中午的时候到的崖州古城。没有一点树荫遮挡，孤零零的一座城门和不长的一段城墙矗立在阳光之下。拿眼一瞅，平添了些失望。说是古城实在有点勉强，全是新建的。据史料记载，二十世纪二三十年代，因为各种原因，崖州古城就被拆得所剩无几,后来经过一系列的运动,古城基本上荡然无存。

走过城门,眼前是一座古建筑群,走近方知是崖城学宫。由一小门入内,看到介绍方知是崖州孔庙。介绍上说,这是中国最南的一座孔庙,被称为"天涯第一圣殿"。学宫里除与孔圣人有关的东西外,还有三位人物也在东西庑通过画板的形式展示,一个是黄道婆,一个是冼夫人,还有一个是鉴真和尚。鉴真东渡的故事比较熟悉。黄道婆的故事也略知一二,至于她来崖州向黎族百姓学习纺织技术,并在此居住四十余年的故事倒是头次知道。被誉为中华第一巾帼英雄的冼夫人的事迹更是闻所未闻。直至看完介绍方才恍然,他们都和崖州有着极深的渊源,为崖州人民所爱戴怀念,一并受到人们的尊崇。说起来也是有意思,圣人言"唯女子与小人为难养也",他怎么也想不到,有两位女杰同他一样,在这里每天接受人们的敬拜。

在崖州老街走了走。老街建筑以骑楼为主。它有别于在海口老街见到的气派和繁华,也有别于在文昌见到的扭捏与粉饰,崖城老街完全是一派原生态的装扮。斑驳的墙上流淌着岁月的痕迹,破旧的门窗像是在诉说着往昔的故事,摇摇欲坠的西式装饰记载着曾经的繁华。在这里，每一栋建筑都承载着一个家族的记忆，也是一个个历史的缩影。想当年，这里该是多么令人羡慕的地方。我感到震撼，也感到一种无奈的悲哀。

　　走马观花式地结束了在崖州古城的浏览。返回时路过三亚湾，下车拍了几张照片，便回酒店了。不知道是上火啦，还是空调吹的，感到周身疲乏，喉咙疼、咳嗽，还伴有腹胀、耳朵痒。自己判断了一下，估计是心火大，外出买了点清热解毒的药。出来整整七天了，几乎是马不停蹄，着实有些累了。看来，即便是旅行也要有个好身体，无论干什么，身体都是本钱。

2019/10

开封二三事

辛丑深秋，驾车赴南京、扬州和宜兴旅行。首站选择了开封。由此，开封成了这次旅行的起点。然而，令人没有想到的是，开封竟也成了这趟旅行的终点。

当日到达开封时，西安出现疫情的消息紧随而来，我成了来自疫区的人员。开封并没有为此"大动干戈"，对来自西安的人采取相应措施。于我，则犯难了，是继续往下走，还是返回？在开封的第二天，与南京等地的友人联系，获知，江苏已是如临大敌，相关部门下发通知，对西安等地来的人一律隔离十四天。也难怪，前一向南京、扬州等地被疫情折腾怕了，也才解除封控。看来，继续旅行已无可能，转往他地，结果估计也差不多。天意难违，决定返回西安，这场做了充分准备的旅行，只得仓促结束。

从到达开封，至返回西安，其间经过了三晚、四个白昼。把沿途和在开封的趣事记录保留下来，权当是一次记忆。

（一）

十月十七号是周日。早早起来检查行囊。一切准备停当，已经八点了。下楼，发动车。八点二十分离开长安。这是购得"蓝精灵"后，首次带它出游。"蓝精灵"，是说我新买的车。车的外观是宝石蓝，从买回那天起，就给它起了这个名字。

到华山服务区，用时一个半小时。停车加油。油价又涨了，从之前的每升六点九七元，涨到了每升七点二元。物价跟小偷似的，偷去人们的幸福感，使人不知不觉中增加了支出。在洛阳服务区停下来吃午饭。服务区居然有麦当劳，国内还真不多见。抵达开封快四点了。导航引着到了酒店，车都没熄火就决定换个酒店，因为周遭环境有些乱。记得，有一年住在洛阳城边的一家酒店，半夜被一阵捅门声惊醒，喝问："是谁？"那声音就消失了。环境很重要，会影响决定许多事情。

晚上观看实景演出《东京梦华》，演出在瑟瑟秋风中进行，已经把携带的厚衣服全套上了，身上还是瑟瑟发抖。演出场景极尽渲染大宋的繁华。然而，演出没有结束，果断地离开了，担心冻感冒了。

今天有两大收获。一是头一次驾车长途旅行，感觉挺好。"蓝精灵"也表现棒棒的。二是遇事果断处置，不拖泥带水。只要觉得心里不太美气，绝不将就。

（二）

拉开窗帘，天已大亮。这是在开封的第二天。旭日东升，又是一个明媚的秋日。

酒店餐厅在六楼。选了个临窗的位置坐下，边吃边欣赏外面的景色。透过窗户，可以看见清明上河园。昨晚就是在那里看的演出。张择端的《清明上河图》无疑是留给开封的巨大财富，从任何一个角度看，开封都在开发利用这张图的价值。

外出前，给自己定了条标准：人造景点不去，只去有古迹的地方。在我看来，历史遗存给予人有种亲近感。现在的人造景观，常常建得不伦不类，说"三俗"也不为过。如此一算，能看的景点也就没几个了，用一天时间足够。

先去了山陕甘会馆。晋商与秦商是明清时期驰名天下的两大商帮，会馆是他们联乡联谊的地方。出门在外，总得有个相互照应。亲不亲，故乡人。在一些省份可以见到许多气势恢宏的山陕会馆。会馆常以大关帝庙的面貌出现,集砖雕、石雕、木雕为一体,极尽巧工。太精美了,现在的人是做不了啦,缺乏执着与耐性。

开封的山陕甘会馆也是如此。与其他地方的会馆不同的是,它还增加了甘肃来的商帮,同时,精美的石雕也是一大特色。

接下来去的是开封铁塔。铁塔并不是用铁铸造的,是用精美琉璃砖通体包砌建造的十三层佛塔。经过岁月的洗礼,褪色成如今的酱褐色,表面如铁锈一般,故称为铁塔。铁塔始建于公元一〇四九年宋仁宗时期,成于一〇七三年宋神宗时期。历三朝,耗时近三十年,可谓慢工出细活。近千年了,至今巍然屹立。铁塔是一座供奉佛祖顶骨舍利的宝塔,只是不知舍利如今在何处。

在外旅行,对陌生人保持一点戒心是对的,尤其是对过分热心的陌生人更要如此。

早上出门,见一辆出租车停在酒店不远处,走过去询问,发现司机是个女的,年纪五十上下,看着挺干练。我说:"走吗?""走,你们去哪儿?"她用略带沙哑的普通话回复我。能感觉到,这是一个抽烟人具有的声音。

坐上车,她问我从哪里来。我说,陕西。她

听后,显得有点兴奋,把本已抬起来的计价器又扳倒了,说她老公就是陕西人,家乡来的人不收钱了,免费。我觉得奇怪。还没有等我再开口,她又说,她退休了,在家闲着没事,弄个出租车开开,当是解闷玩。这又使我有些好奇。暗自说,她老公真是可以呀。我警惕起来,她会不会有其他企图?我谨慎地与她拉话。

"你老公是陕西哪儿的?"

"渭南临渭区。"

"临渭区啥地方人?"

"俺也不清楚。"

媳妇一旁笑了,说你俩的对话有意思,说着说着,你开始说陕西话,她开始用河南话了。大家哈哈笑了起来。

我让她帮我推荐一下当地的景点和美食。令人称奇的是,她的想法居然与我之前的看法一致,都不喜欢人造景点。至于美食,她说一个,媳妇摇一下头。羊肉烩面,摇头;胡辣汤,摇头;驴肉汤,摇头;当说到小笼包子,媳妇头不摇了,问谁家的好吃。她反倒摇起头来,说是那有啥好吃滴,死贵。我有些诧异,开封第一楼的包子可是闻名天下的,她咋会有这种想法?看来,所谓美食都是外地人的说法。

晚饭预备吃包子。小笼汤包子是开封名吃。搜了一下，找了一家排名靠前的店。打的过去。

吃了，觉得就那么回事。热着吃，烫嘴；凉一点吃，包子变得硬了，尤其封口处，面厚，影响口感。要了一个菊花鱼，不便宜。又要了一盘童子鸡和一瓶冰菊酒。都是当地名品。今天是中国开封第三十九届菊花文化节开幕的日子，弄点跟菊花有关的饭菜。

与在扬州的二姐通电话，原本是要询问扬州是否解封了，得到的答复使我吃惊。西安发生疫情的消息已经嚷嚷得她们也知晓了，扬州已经严阵以待，只要是甘肃、西安等地来的人，一律要四十八小时核酸，并自行隔离十四天。果断采取了两项措施：一是放弃，原路返回；二是卸货，把带的特产快递给他们。

（三）

晚上同事来信息，说是回西安须持有四十八小时核酸报告。与我之前的想法一致。为了减少麻烦，明儿去附近医院做核酸检测。

要说啥地方人最多，医院无疑是其中之一。一早，河南大学附属淮河医院门口就被人流车流拥满了，好不容易把车停在了附近路边。接着排队、扫码、测温,进了大门。四下环顾,到处是人。问一个穿白大褂的,在哪里可以做核酸。他说,这是医院南区,不做核酸,核酸要到北区去做。

又是一番折腾。先排队在机器上登记缴费,办理核酸检测手续。检测完毕,问医生,最快什么时候可以出结果。她指了指旁边。有块牌子立在那里,上面写着:"上午检测,下午6:30出结果;下午检测,次日早上8:30出结果。"电子结果两天之后发到手机上。情况有变,得在开封再多待一天。回到酒店想着该干些什么,想了想,去商丘,去看看归德古城。

宋朝建有"四京",即东京开封府,西京河南府,也就是洛阳,北京大名府,南京应天府。其中南京应天府不是现在的南京,而是指商丘古城,也叫归德古城。赵匡胤称帝前任归德军节度使,其驻军的地方也在此。商丘古城在隋唐时称为宋州,赵匡胤黄袍加身也在此,并取国号"宋"。靖康之变后,赵构在此登基称帝,建立南宋。

归德古城墙被列为全国重点文物保护单位。古城四周环绕着水面。城墙里正在大拆大建,换句话说,在重新造城。古城里见不到居民,街上空空荡荡的。从正在拆毁的建筑外立面看,这里十几年前应该进行过一次类似的改造。归德古城与安徽寿县古城有类似之处，论烟火气和文化遗存，寿县古城要好得多。

（四）

结完账，踏上了回家的路。虽不是被撵回去的，总有些沮丧，心又有点不甘，脑子在不停搜索着，看顺路还能看点什么。最后，把目光落在了灵宝，函谷关在那里。

站立在复建的关楼上，有老秦人回归故土的感觉。时光似乎回到了两千多年前，狼烟四起，战马嘶鸣。深秋时节，寥寥几个游人。眼前的情景，有种怅然若失。曾经的繁华毕竟属于过去。

关中，是指由"四关"围成的关中平原。是历史上最早被称为"天府之国"的富庶之地。四关，包括南边商洛境内的武关、北边固原的萧关、东边灵宝的函谷关、西边秦岭古道的散关。就区域变迁而言，萧关与函谷关已经不属于现在的关中概念。

老秦人立国之初，有国无地，有名无实。有一种精神叫"赳赳老秦，共赴国难"。在"国如一人"的大势下，老秦人西击犬戎，安定后方；东征楚魏，占据函谷。贾谊《过秦论》开篇中描述："秦孝公据崤函之固，拥雍州之地，君臣固守以窥周室,有席卷天下,包举宇内,囊括四海之意,并吞八荒之心。当是时也,商君佐之,内立法度,务耕织,修守战之具,外连衡而斗诸侯。于是秦人拱手而取西河之外。"由此可见两点:一是,谁占据关中谁就具备了夺取天下的条件,说明函谷关的重要性;二是,革故鼎新的必要性。

有文章说:老秦人统一六国是"野蛮征服了文明","一个给周天子牧马的人,居然成了坐车的"。这结论,是当时的六国王亲贵族没有想到的,即便现在没有想明白的人也为数不少。野蛮与文明需要辩证地去认识。

函谷关素有"一夫当关,万夫莫开"的美誉。谁据有了此关,谁就犹如卧于他人床榻之侧。时光流逝,在现代科技面前,冷兵器时代的关隘已不足提矣。密如织网的各种物流、信息流已经没有了技术上、地理上的关隘,但在发展的进程中,人们思想上的关隘、对文明与野蛮的认知上的关隘还是存在的。若不信,可来函谷关,立在关楼上吹吹冷风。

(五)

在西高新下了绕城高速。检查口,没有一个人理会我。车拐上了西沣路,往长安而去。此前悬着的心也落了下来。有点纳闷,觉得事情似乎并没有那么严重。

2021/11

代后记

我就一俗人

我发现，自打出书以后，在他人恭维的语境中，我似乎觉得自己像个"文化人"了，做事开始有点"端"。比如，最近为了给新书起个名就费了不少的神。翻唐诗宋词、警句格言，甚至在老子孔子说过的话里找，我好像丧失了说自己话的能力。再有就是想写一篇纪念生日的文章，这在早几年不算个啥。生日有在旅途中过的，有在出差中过的，也有和朋友家人一起过的，感慨几句写篇小文就过去了，今年却总想写篇大文高文。有了这样的心思，势先"端"起来了。人常说，事情一旦刻意了便会造作。几次开头都不甚满意，至今还放着呢。

有了疑惑就想找高人聊聊。于是带着书稿去

见高建群先生，想听听他的高见。先生如以往一样，让座、泡茶、点烟。他不紧不慢地吸上一口，笑眯眯地坐在茶几旁看着我。我讲了来意。先生没有说书名起得咋样，他先是给我讲了一首歌，歌名叫《我怎么这么好看》。

先生说，你看这歌名有多俗，却非常吸引人，打动人，说出了许多人想说又扭捏地说不出口的大实话。书名也一样，你看，阎纲老先生的那本《我还活着》的书，书名起得多么简单直白，非常大气。说到这儿，先生话锋一转，他说，你说自己的事儿就要讲自己的话，讲自己的真情实感，用别人话总是欠了点，假如把那首歌的名字改一下，叫"我怎么这么的俗"，也是个好文章。人要学会自嘲，自嘲了就放下了，释然了。

先生的一番高论，让我想起了之前他曾说过的话，他说："孙犁曾说过，作家一拿架子就先失败了一半，我们一定要把自己放下来，用心灵真诚地和世界对话。"当时，我以为这话是说给别人听的，与己无关，现在想来，"一拿架子就先失败了一半"的人何止是作家。人如果放不下身段，久而久之，说出来的话虽然没有错，甚至是高大上的，却是正确的"废话"。有个词叫"装"，装腔作势。人一旦开始"装"，便不再是他原来的模样。

临别时,高老师把我俩说的那些话归结成了一副对联,并用毛笔写出来送我。上联:赏月赏花赏自己;下联:学书学剑两不成。写完后,他又给我讲了些趣闻。想想也是,人到了一定年岁要给自己解嘲。高处观云海,闲来看秋风,赏月弄花也是一种生活。至于那些个不甘与落寞都已成往事,咋样都是一辈子,现在的样子也是自己熬出来的。

回来想了想多少有点感慨。这么快就花甲之年了?还没有反应过来就老了,曾经以为遥远的事儿即将成为现实。岁月如梭一点都不假啊,想到这些,多少有点五味杂陈。

社会还没有发展到谈"老"色变的程度,但"惧"老的焦虑却在一定程度上蔓延。人从领养老金那天起,便被划入了老年群体,心理上的失落感与能力渐失的无力感让人会怀疑活下去的意义究竟何在。生老病死是人生路上的"四关"。生不可惧,无非是好好活着。其实,想通了,死亦不可惧,因为没有人能逃脱得了。"四关"之中,让人最为恐惧的还是"老"。老,容易使人与病痛、与无用联系起来,心理和生理有个适应过程。

人的寿命有两种，一是生理寿命，一是经济寿命。生理寿命取决于天，正所谓"我命由天不由我"。同样，人的经济寿命也不取决于人，是由社会规则决定的。退休了，通常意味着经济寿命也跟着结束了。当经济寿命结束以后，又该如何度过余生？人人希望长寿，但长寿绝不是人活着的终极意义。于多数人而言，一生中自己能够左右的事情没有几件，常是被安排、被挑选、被遗忘，人们只能被动地顺从顺应，跟着命运走。老了，经济寿命结束了，接下来的日子是不是可以活得任性一点，活出自己想要的样子？

人老了，得换个活法，记住别"端"了，不要把自己太当回事儿，做个老顽童，乐呵呵地尽力尽心做事儿，不要讲五马长枪的过去，没人爱听。人老了，要干净，尤其是洗澡穿衣，这世上，邋遢的人总是不受待见。人老了，管好嘴，少说一句就少一份烦恼。人老了，得活出模样，成一棵树。写下这些话，好像是在给谁表决心似的，我没有那个意思，我只是想把有些毛病加紧改了，免得往后成了事儿。

回忆过往，还行，赶上了好光景，跟上了时代的变化。大学上得顺利，一考即中；媳妇找得顺利，一谈即成；工作也还顺利，终了的职务干了二十年，好像也还行。就是性情直率了点，跟孙猴子一样，天生的，学不来睁一只眼、闭一只眼。俗话说：仁不行商，义不守财；情不立威，善不居官。对照一下，我几乎占全了。官当不大，事干不大，怪不得他人，就如同个头长不高，头发先谢顶了一样，是基因造成的。因此，我就一俗人，做了这些年的俗事儿，人活得早已愈加俗了。

想到这儿，我又记起了被高建群老师套用那个歌名的"我怎么这么俗"。俗就俗吧，俗了一辈子啦，那就继续。

2022．立秋